墨影书香

哈佛缘

郭英剑 著

海天出版社（中国·深圳）

图书在版编目（CIP）数据

墨影书香哈佛缘 / 郭英剑著. — 深圳：海天出版社，2015.6

（本色文丛）

ISBN 978-7-5507-1349-9

Ⅰ.①墨… Ⅱ.①郭… Ⅲ.①随笔—作品集—中国—当代 Ⅳ.①I267.1

中国版本图书馆CIP数据核字(2015)第078507号

墨影书香哈佛缘
MOYING SHUXIANG HAFOYUAN

出 品 人	陈新亮
策划编辑	于志斌
责任编辑	曾韬荔
责任技编	蔡梅琴
装帧设计	得 意

出版发行	海天出版社
地　　址	深圳市彩田南路海天综合大厦（518033）
网　　址	www.htph.com.cn
订购电话	0755-83460293（批发）　83460397（邮购）
设计制作	深圳市龙墨文化传播有限公司(0755-83460859)
印　　刷	深圳市华信图文印务有限公司
开　　本	787mm×1092mm　1/32
印　　张	6.875
字　　数	120千
版　　次	2015年6月第1版
印　　次	2015年6月第1次
定　　价	30.00元

海天版图书版权所有，侵权必究。

海天版图书凡有印装质量问题，请随时向承印厂调换。

郭英剑，中央民族大学外国语学院院长、教授、博士生导师。南京大学英语系博士、宾夕法尼亚大学英语系博士后、哈佛大学英语系高级研究学者。英语文学研究专家、翻译家和教育家。

郭英剑教授系教育部高等学校英语专业教学指导分委员会委员、北京市英语类专业群专家委员会委员、享受国务院政府特殊津贴专家、国家首批"新世纪百千万人才工程"国家级人选、全国模范教师、教育部优秀青年教师、校级教学名师。北京市海淀区政协委员。

序 言

2013年1月18日，我从北京首都国际机场出发，飞往美国波士顿。作为国家公派人员，这是我第二次赴美留学。上次是在世纪之交，我到宾夕法尼亚大学英语系做博士后。而此次是到哈佛大学英语系做高级研究学者。虽然在第一次留学之后，特别是从2006年起，几乎每年的寒暑假都是在美国度过的。但此次再度赴美留学，于我而言，还是意义不同。

众所周知，哈佛是美国的顶尖高校。无论是在我所从事的美国文学、比较文学等领域，还是我近几年来特别感兴趣的高等教育等领域，哈佛都成就卓越，堪称风向标。为此，有机会置身其中，在向世界一流学者学习并有机会与之当面交流的过程中，试着去了解哈佛何以成为哈佛的原委，尽力把握世界高等教育的新动向，该是多么快乐的一件事啊！

在我赴美之际，我应《中国科学报·大学周刊》之约，开设了"哈佛周记"专栏。我对周记的定位，不仅是我个人的生活琐事与感悟记录，更主要的是要以个人亲历为基础，注重记述发生在哈佛以及美国高校中的重要而有趣的人和事，挖掘不太为世人所知的历史传说与当代故事，分析前因后果，在真实反映美国一流高校动态的同时，也为中国高等教育提供一些新鲜而实用的新信息。

同时，在到哈佛之后，我也在《博览群书》杂志开设了一个"哈佛随笔"专栏。在这个专栏中，我把自己的目光放在"哈佛人"与"哈佛书"上——期望通过观察哈佛的学者，从而进入到他们的学术世界，或者通过其学术著作与成就，反观其一流学者的风范，进而试着从一个侧面去深入了解哈佛所以在370余年的风雨中独领风骚的原因。

当然，由于可以理解的原因，"周记"和"随笔"的一些内容有重合的地方。一般来说，如果是写的相同或者相近的事情，由于篇幅的限制，"周记"的内容相对要少一点，而"随笔"的内容则会充实一些。因此，在将"哈佛周记"文章收录本书的时候，我也将"哈佛随笔"的一些文章收录在此，对相同或者相近的内容做了相应的调整。

"哈佛周记"写了整整一年，不仅伴随着我在美的留学生涯，也从一个侧面记录了我在哈佛的生活、学习、研究的点点滴滴。为此，我想感谢《中国科学报·大学周刊》的主编钟华和《博览群书》的编辑谢宁。特别感谢海天出版社的编辑李向群女士，为了这本小书，她特意到北京来商谈具体事宜，并提出了很好的建议。感谢本书的责编曾韬荔女士为本书的出版所付出的所有努力。需要说明的是，本书中的景物照片，除了附有说明外，均为本人所拍摄。

本书的出版仅是个人哈佛经历的一个小小的总结，但哈佛，是写不尽的……

哈佛所给予我的一切，将永存我心中……

2015年2月7日下午于北京家中

目 录
CONTENTS

马丁·路德·金与哈佛 / 001

全球最大的学术图书馆 / 005

大学生撰写大学校史 / 011

大学生作业,怎么登上了《自然》杂志? / 018

在哈佛听马友友音乐会 / 025

哈佛的书店 / 031

哈佛经典书目的生命力 / 037

危机发生后的大学校园 / 044

美国西部行 / 051

"两弹元勋"邓稼先的博士论文 / 060

听杜维明先生谈文化中国 / 066

哈佛的毕业典礼周 / 071

哈佛如何考核青年教师 / 077

哈佛的自然历史博物馆 / 084

一场引人入胜的长曲棍球赛 / 091

明星教授的演讲 / 098

拜访当代美国黑人文化的先驱 / 108

哈佛的百岁教授 / 117

"鸟叔"在哈佛 / 126

宁静的瓦尔登湖 / 132

在哥伦比亚大学门口卖西北名吃的洛阳大叔 / 138

纽约街头响起的《义勇军进行曲》/ 144

重回宾夕法尼亚大学 / 150

眼望未来的哈佛铜像 / 157

历史与智慧之城——剑桥 / 163

哈佛校门的故事 / 169

哈佛特有的词汇 / 175

在宗教与世俗之间 / 181

什么样的人，才能上哈佛？ / 188

哈佛课程的历史变迁 / 195

哈佛，所以成为哈佛 / 200

马丁·路德·金与哈佛

北京时间的2013年1月18日中午,我从北京飞往美国波士顿。作为国家公派人员,这是我第二次赴美留学。上次是在世纪之交,我到宾夕法尼亚大学(University of Pennsylvania)英语系做博士后。而此次是到哈佛大学英语系,做高级研究学者。

美国东部时间的1月18日下午6点,我在波士顿安顿下来。经过一个周末,就到了1月21日,这一天是周一,同时也是美国的一个全国性节日——马丁·路德·金日(Martin Luther King, Jr. Day)。

虽然马丁·路德·金的第一身份是牧师,但他更是一位为非裔美国人的民权而献出了生命的黑人领袖。他因在民权运动中倡导"非暴力"而受到人们的广泛赞誉,成为美国历史进程中的一位楷模。1963年,作为组织者之一,他领导了"向华盛顿进军"的全国大游行,并发表了家喻户晓的《我有一个梦想》的演讲。1964年10月,金获得诺贝尔和平奖。四年之后的1968年4月4日，他在田纳西州的孟菲斯遭人开枪暗杀，不治身亡。

马丁·路德·金日就是在他去世后为了纪念他的生日而设立的。实际上，金的生日为1月15日，但为了避免与其他节日重合，联邦政府把这个节日放在了一月份的第三个星期一，从而使大家可以享受一个较长的周末假期。这个假期的设立时间并不长。金在1968年遇刺身亡。1983年，时任总统里根（Ronald Reagan）签署了设立纪念日的法令。而这个法令最终在全国50个州得以执行，已经到了2000年了。

金总被人称作金博士（Dr. King），足见他与教育的渊源。金生长在亚特兰大，高中未正式毕业，就进了当地的一家以招收黑人为主的文理学院——摩尔豪斯学院（Morehouse College）。1948年，金毕业后获得了社会学专业的学士学位，然后进入了宾夕法尼亚州的一家神学院，三年之后获得了神学学位。1955年，金又在波士顿大学（Boston University）获得博士学位。今天，他的大型雕塑，依旧屹立在波士顿大学的门前广场上。

在这个全国性的节日前后，虽然各高校尚未全部开学，但都会开展各种各样的活动，纪念这位历史上的伟人。哈佛也不例外。

虽然金在波士顿期间，主要是在波士顿大学读书，但他也与同居一城的哈佛有着密切的联系。据哈佛校报报道，金在1952年到1953年期间，以特殊学生身份曾经在哈佛上过哲学方面的两门课程，分别获得 B 和 A- 的成绩。

在 1959~1960 学年，他曾应邀担任哈佛纪念教堂（Memorial Church）的客座牧师。那个时候的金，已经在民权运动的道路上奋斗了四个春秋了，而且已经是美国非暴力反对种族隔离组织——南方基督徒领袖大会（Southern Christian Leadership Conference）的首任主席。

1962 年 10 月，当时才 33 岁的金在哈佛法学院做了一次题为"种族融合的未来"（The Future of Integration）的演讲。正是在这次演讲当中，金坚定地提出了"非暴力直接行动"（nonviolent direct action）的理念，把消除种族隔离视为一场斗争，而非官方政策的一种工艺品。这次演讲之后的六个月，金就在阿拉巴马州的伯明翰被捕入狱。十个月之后，他发动了向华盛顿进军的全国大游行。

在哈佛人的记忆中，虽然金多次到访，但让人印象最深的还是 1965 年的 1 月 10 日。当天，金对哈佛进行了为期一天的访问，在教堂进行了布道，晚上在哈佛园（Harvard Yard）一角发表了演讲，当时听众云集，轰动一时。时至今日，在哈佛档案馆，还存有当时哈佛大学新闻办公室所拍摄的不少照片。

马丁·路德·金日的第二天，1 月 22 日，是哈佛教工上班的第一天，我到哈佛的国际办公室（简称 HIO）报到，办理了注册手续。接着领取了哈佛的 ID。ID 代表着在哈佛的身份，是证明身份以及出入图书馆等的必备证件。有趣的是，

这是现存于哈佛档案馆的 1965 年 1 月金访问哈佛的资料照片。左侧为时任哈佛校长普西（Nathan M. Pusey），中间挥手者为马丁·路德·金。

虽然我在哈佛工作的时间不到一年，但 ID 上面给出的时间则有六年多，持续到 2018 年 10 月。据称，这是为了使持卡人可以在今后再到哈佛时不必再为重复申请新的 ID 而费时耗力，从而可以以最快的速度重新进入哈佛。这样的做法确有独到之处，我在其他高校尚未见到过。之后，到英语系报到，按照规定，在网上申请哈佛的个人邮箱。

至此，一切已基本就绪了。

（美国东部时间）2013 年 2 月 17 日下午修订于 Cambridge 家中

全球最大的学术图书馆

无论是学生还是学者,到了哈佛,最想进的大概就是图书馆。在我到达哈佛的第二周,也是在拿到哈佛ID之后,我就迫不及待地来到了哈佛最有传奇色彩、最富标志性意义,也是全球最大的学术图书馆——威德纳图书馆。

像很多美国高校一样,哈佛的图书馆其实是"复数"(libraries)而非"单数"(library)的图书馆,即有众多多种类的图书馆。但在全美,像哈佛这样在校园之内就拥有超过70个图书馆的高校恐怕是绝无仅有的。哈佛图书馆的总藏书量大约为1700万册。如果做一个对比,或许更能看出哈佛图书馆的独特之处。同为顶尖高校的耶鲁大学的藏书量为1100万册,哥伦比亚大学1000万册,普林斯顿大学700万册,宾夕法尼亚大学600万册。当然,上述数字,均不包括多媒体及数字化信息的资料。

威德纳图书馆,英文全称为"The Harry Elkins Widener Memorial Library",是一个纪念图书馆,所纪念的人物为哈佛的一个毕业生,叫哈利·埃尔金斯·威德纳。这个现在已经成为哈佛标志性建筑之一的图书馆,其建立说来还有段既悲伤又动人的故事,也与我们所熟知的泰坦尼克号有关。

威德纳1885年出生于宾夕法尼亚州的费城。他出身豪门,从祖辈起,就是当地的大实业家,到父辈的时候,更是生意兴隆,涉足的领域众多,在当时已经是众所周知的百万富翁。正是由于这样的家庭背景,才使得威德纳在哈佛读书期间,特别是从大三开始,就逐渐成为一位藏书家。而他的父母,也经常会购买善本给他作为礼物。

威德纳1907年从哈佛大学毕业,回到费城进入父亲的公司从商,但他依旧不断地收藏图书,成为当时著名的藏书家。

1912年4月,威德纳和父亲、母亲一道前往法国巴黎,回来的时候购买的是泰坦尼克号的船票,从巴黎到纽约。在4月15日,随着泰坦尼克号不幸遇难,威德纳与父亲一同坠海身亡。但他母亲幸运地获救了。应该是在那个危机的时刻,威德纳草拟了一份遗嘱,把自己的藏书捐赠给自己的母校——哈佛大学,要求母亲负责监管,保证哈佛大学要把他的藏书保管好、使用好。

据哈佛的一些书籍上称,作为头等舱的客人,他们一家在救生艇上其实都有各自的位置。但在踏上救生艇的时候,威德纳忽然想到自己把刚刚购买的1598年版的英国大作家培根(Francis Bacon)的《散文选》(*Essays*)给落在了床头柜上，于是他返身又登上了大船，而他的父亲为了保护儿子，也跟了上去。为此，两人不幸遇难。这样的传说，从一个侧面折射出威德纳不仅爱读书，也是在用生命爱着他的藏书。

威德纳的母亲埃莉诺（Eleanor Elkins Widener）是一位钟爱自己儿子的母亲，更是一位信守诺言、帮助故去的儿子实现愿望的伟大母亲。在儿子不幸亡故之后，她向哈佛捐款350万美元，要求建立一座以自己儿子命名的纪念图书馆，以帮助儿子实现他生前的愿望。在现在的威德纳图书馆的一层到二层之间，专门辟有一个大厅，用来珍藏威德纳的图书、书信、有关泰坦尼克号失事时的各地报纸等物品。而且，威德纳生前所收藏的3300册珍贵的图书，也保存在这里。

这是哈佛大学威德纳图书馆二层的洛克读书大厅（Loker Reading Room）。

威德纳图书馆在1915年6月24日哈佛毕业典礼的当天，宣布正式对外开放。但仅往里面搬运70万册图书，就花费了14周的时间，历时近百天！

作为哈佛众多图书馆中的旗舰图书馆，威德纳图书馆又称哈佛学院图书馆（Harvard College Library），是属于我现在所在的哈佛文理学院（the Faculty of Arts and Sciences）的图书馆。仅此图书馆，藏书就超过了300万册，主要为文学、历史、语言学、经济学、社会学、哲学、心理学等。而且，每年还在以超过六万册的进书量在递增。

根据哈佛的传说，当年威德纳家族向哈佛捐赠的时候，曾经附有非常苛刻的条款，即该图书馆的外观不得有任何变动，否则，该幢建筑的所有权将会转移到哈佛所在地——剑桥市（the city of Cambridge）政府的手上。但由于年久失修，在1999年到2004年，哈佛还是耗资9700万美元对该图书馆进行了一次大修。正是由于有诸多掣肘的地方，也给整修工作带来了更多的创新之处。我想，如果这个传说是真的，那对于后人而言或许也是一种幸运——我们因此可以看到她百年前的原貌。

在威德纳图书馆，每个文理学院的人都可以在此申请一个阅览桌，由于人多的缘故，一般需要和别人共享，但最多不会超过四个人。为了选我的阅览桌，我第一次进入了图书馆的书库之内。哈佛的书库，跟美国其他大学的图书馆没有什么两样，有些地方因为古老的原因还显得不够现代化，甚至有些破旧。倒是书库里面的灯都是自动的，人一旦进去，灯就自然开启，人一离开，灯会自动关闭。而在美国有些大学，书库的灯始终开着，而有些大学，则是需要打开书架旁边的计时开关。

由于我所从事的研究方向是美国文学，因此，我就在威德纳图书馆的二楼安放美国文学图书的一处，选定了S-205作为自己的阅览桌。

我们都知道，美国的公立大学图书馆，任何人都可以自由进出。只要不借书，就不需要任何证件。但私立大学则不同，任何人进入都需要证件。在威德纳图书馆的入口处设有一块标牌，上面书写着：凡进入本馆者必须出示哈佛的ID。但并非没有例外。

一般来说，在私立大学，凡是本校人员都可以把自己的亲朋好友带入图书馆参观。由于有些大学的书库是开放式的，因此，客人也可以进入书库。但在威德纳图书馆则有所不同。凡是哈佛的教工、学生，可以把自己的亲朋好友作为"客人"带进威德纳图书馆参观，但由于该馆的书库是封闭的，同样需要刷卡进入，"客人"到此就只能止步了，即使是由哈佛的人员带领也不行。

我亲眼看到一个哈佛的学生，想要带自己已经进入威德纳图书馆的女朋友进书库参观一下，在出示了自己ID之后被拦在外面，他被告知：你可以进，但客人不行。对方求情，说只想参观一下，管理员笑着说：除了哈佛师生的父母可以进书库之外，其他人都不能进，这是规定。

事后，我仔细琢磨，觉得这个规定真是既有道理，也非常高明。为什么是父母，而不是兄弟姐妹、夫妻儿女呢？或许，除了威德纳图书馆是由威德纳的母亲代为创建而可能有此规定之外，应该还有另外一个原因，那就是，父母既是给予孩子生命的人，也无疑是对孩子进入哈佛最有影响的人。因此，在孩子进入哈佛之后，作为父母也能够因为孩子而同样享有这样一种特权，实在是一种无尚的荣光，也算得上是大学给予父母的一种回报。试想一下，作为父母，当走在孩子所在大学并享有一种别人无法享有的特权，那他们该多为自己的付出和自己的孩子而感到骄傲啊！

坐在威德纳图书馆二楼静谧的读书大厅无论看书、思考还是写作，我都感到时间仿佛静止了一般。那种快乐，难以言说。走出图书馆，想到在经历了十几天时间的寻找之后，终于在2月份开始之时，解决了住房问题，心中同样感到很高兴。我选取了离哈佛只有几分钟路程的地段，且与剑桥公共图书馆相毗邻。安居才能乐业。一段新的生活或许可以从此开始。

（美国东部时间）2013年2月1日下午初稿于Harvard Widener Library Loker Reading Room

2013年3月3日上午10:30～下午13:50修订于Cambridge家中

大学生撰写大学校史

我以为，要想深入了解一所大学，绝不能只看那些表面的数据。比如对哈佛来说，她总被人称道的自然是连续多少年在美国高校排名第一、在世界排名第一，捐赠基金有多少，师生荣获诺贝尔奖有几人，毕业生中出了多少美国总统等等。这些数据当然重要，但却远远不能告诉我们这所大学何以能够历经370余年的风雨而依旧傲然挺立的深层次原因。

作为美国最古老的高校，哈佛无疑有着诸多吸引人的历史传说和趣闻轶事。我想，在这些历史传说之中，或许能够让我们找到在那些看似辉煌的数据背后所看不到的东西。

于是，我首先在图书馆去寻找那些有关哈佛的历史书籍。这样的书籍还真不少，大部分还都是大部头的历史著作，但其中的一本不怎么显眼的书籍，书名为《哈佛指南》（*Guidebook to Harvard*）引起了我的注意。等我取下书架浏览的时候，她立刻就深深地吸引了我。为什么呢？因为这部《哈佛指南》是由哈佛的学生撰写的。

当然，这样的书，不是一个人所写，而是一群人撰写的，这群人隶属于哈佛的一个学生组织，叫"深红核心社"（The Crimson Key Society）。"深红"乃哈佛校色。说来，这可是哈佛一个了不起的学生社团。

据哈佛的本科生介绍，这个社团不是所有人都可以加入的。作为哈佛最著名的社团，她面向全校。最早成立于1948年4月14日，那时主要是为了欢迎到哈佛来的体育运动队，算得上是最早担当哈佛礼仪任务的组织。但到1955年之后，为校园游服务已经成为该社团的主要任务。因此，该组织一直为报考哈佛的学生以及到哈佛的参观者提供免费的校园讲解服务，也在每年开学时分，专门为新生与所有入学人员提供校园参观的讲解工作。该组织还有一个任务，就是走向全国宣讲哈佛，以吸引更多的报考者。应该说，他们为哈佛名扬天下做出了很多的贡献。到今天为止，不时地在校园之内，我们都还可以见到该社团的成员在为新生或者参观者讲解哈佛的历史与现状。

翻看此书，虽然她名为"指南"，但实际上是一部哈佛的校史。该书出版于1986年，是为哈佛建校350周年纪念所写。该书从哈佛学院（Harvard College）的历史讲起，说到大学的逐步发展，从校园道路、区域的形成到重点建筑的历史成因，从研究生院的情况到本科生的生活，都有简略的描述和记载。对于初入哈佛的人来说，有这样一部校史，已经足以让人对哈佛有个初步的印象了。

但让我感到有点遗憾的是，因为她出版于27年前，因此就缺失了近30年来哈佛的发展状况，而且，该书的装帧设计显得有些落后，其中还有不少的印刷错误。

真是无巧不成书。就在借到此书的第二天，我就在哈佛的书店看到了一本名为《哈佛之内》（*Inside Harvard*）的非常漂亮而又精致的书，且摆在书店醒目之处。该书的封面上有"第二版"的字样，看作者，居然还是"深红核心社"。打开书一看，其副标题为"学生撰写的美国最古老大学之历史与传说指南"，再仔细看，大概知道她应该算是前一本书的再版本了。

但这个再版本显然与前者大不相同，不仅内容上有更新，也侧重于更加实用的部分，而且该书还加进了更多有趣的故事与传说，写法也更加灵活，语言更加活泼，可读性极强。于是果断买下，把这本书与那本《指南》互相对照着阅读，既了解哈佛的历史，也知晓她的现在。

由这本出自学生手笔的校史，我看到了她书写中的一些特征，或许是其他校史所不具备的。

首先，作为一部学校指南，她把学校的历史以极其简明扼要的文字描述了出来。如果是一部正规的校史，哈佛375年的历史，即便是用简说的形式，恐怕一本书都写不完。但《指南》在第一章《哈佛学院的历史》中，用12页的篇幅，就把哈佛最早的历史形成时期讲述得一清二楚。而在《哈佛之内》中，在讲述历史的时候，则用了不到28页的篇幅（《哈

哈佛大学的书店中所陈列的《哈佛之内》一书（第三排左一）。

佛之内》的开本要比《指南》的小），用简单的线性的历史年代加描述各个时期重要事件的方式，把学校的概览呈现在了读者的面前。对于想了解哈佛简史的人来说，有这样的知识大体上够了。

其次，如果把这两本书结合起来看，我发现，她们实际上以"指南"为导向，以深入"哈佛之内"为目标，从非常实用的角度，在介绍学校相关历史知识包括建筑知识的同时，把学校更为详细的历史融会贯通其中。作为一所诞生于数百年前的学校，哈佛很多现在正在使用的建筑都有上百年的历史。而其建筑冠名的特点之一，就是使用名人的名字。这两部书对建筑的介绍，几乎涵盖了所有哈佛校园内的建筑设施。正是通过这两本书的介绍，让我对自己现在经常去听课的教室所在的哈佛楼（Harvard Hall）与爱默生楼（Emerson Hall）以及其他校园内的建筑有了更多的了解。而在这些楼中所发生的很多有趣的传说与故事，值得我专门写文章来讲述。

最后，由于是学生所写，自然有更能反映哈佛学生学习与生活的地方。比如，《哈佛之内》一书为了使大家更深入地了解哈佛的历史与生活，专门加进了"哈佛专有词汇"，用4页的篇幅，把只属于哈佛、也唯有哈佛师生才会了解，甚至主要是在学生当中流传的一些词汇列举了出来。

让我略举一例。我们都知道，在英文中，有很多词汇与 break 这个词有关，如 take a break，即休息一下, spring break，即美国大学的春假，诸如此类。但在哈佛还有个词汇叫：Brain break，我把它译作"脑休时间"，即脑子放松的时间。这个"脑休时间"特指哈佛本科生宿舍楼中从晚上9点钟开始的一段休息时间，而这时，在学生餐厅当中会提供快餐零食供饥饿的学生享用。我们由此可以想象，在休息之后的学生，或许又要进入下一轮的用脑时间了。

这样一本由学生书写的校史，虽然并不代表校方的观点，但得到了学校领导的大力支持。现任校长福斯特（Drew Faust）、哈佛学院院长哈蒙德（Evelynn M. Hammonds）都为该书写了序言。她们都对核心社的贡献以及该书给予了高度评价。

除内容丰富之外，该书彩色印刷，用纸考究，非常精美，所有参与写作的作者的简介与照片都刊登在书上。我注意到，共计32位作者，其中有10位还属于在校生，但最早的，也不过是2010年的毕业生。而特别值得一提的是，从这些简介中可以看出，除了个别同学是历史或建筑专业之外，绝大部分学生都并非历史专业，而是各类专业的人员都有。但从我个人阅读的感觉而言，这本书写得极为专业。如果没有对所写对象及其历史阶段有深入的了解，写不出这样的文字与风格来。

正如核心社的作者在书中所说，这不是一部完整的哈佛史，也不是对哈佛建筑的一次全面的考察。该书的目的是要站在学生的角度、"通过学生的目光"，"为今日哈佛描绘出一幅准确而又引人入胜的画卷"。

说得多好啊！站在学生的角度看哈佛，由学生去为哈佛描绘一幅准确而又引人入胜的画卷。这大概就是世界一流大学与众不同的地方。

其实，任何一所大学的校史，最终不就是由学生去书写的吗？

而由学生书写的校史，才能真正成为准确而又引人入胜的画卷！

（美国东部时间）2013年3月7日下午初稿于Harvard Lamont Library
2013年3月8日下午4:30～8:50修订于Cambridge家中

大学生作业，怎么登上了《自然》杂志？

我到哈佛来，主要工作是从事学术研究，不需要上课。但为了充分了解哈佛的本科生以及研究生的学习情况，我专门申请了两门本科生和一门研究生的课程。也在几位授课教授的帮助下，获得了进入哈佛学生内部课程网站的权限，这样，可以使我像本科生和研究生一样，接触到各自课程的相关资料。这对我了解哈佛的日常教学情况，有极大的帮助。

我所选择的本科生课程中，其中一门为《英语语言史》(*The History of English Language*)，这门课属于八大门类的课程。每周两次课，每次课一个小时。

那么，什么是八大门类课程呢？哈佛大学从 2009 年开始推行的"通识教育"分为八个大的学术类别：美学与阐释性理解、文化与信仰、经验与数学推理、伦理推理、生命系统的科学、物质宇宙的科学、国际社会以及世界中的美国。每个大的类别提供了数门乃至数十门课程供学生选修。通识教育要求每个学生必须从每一个类别中至少选择一门课。他们既可以每学期选修一门，也可以自由选择时间，在毕业之前修完八门课、达到学校对通识教育所提出的毕业要求就行。

由此可见，选修这门课程的学生，绝不会像国内大学那样，大都是英语专业的学生。而等我开始上了这门课，与本科生有了实际的接触之后，我有了很多的感触或者说是意想不到的地方。

首先是没有想到有那么多的学生选修一门可以说是相当枯燥无味的语言类课程。最开始的时候，这门课程原定在哈佛楼 202 教室。那个教室的规模大概不到 100 人。后来改到了爱默生楼 105 教室。在开学的第一周，我正在办理相关的

哈佛大学本科生《英语语言史》课堂一角。

入校手续，因此未能去上那一周的课。到第二周去上课的时候又未注意到通知，就到了哈佛楼，但等快到上课时间了，过来一个学生在门口写了张字条，说改在爱默生楼了（应该还有其他同学可能也没有接到通知吧）。于是我赶紧往那里赶。到了那里，已经开始上课了，但也是刚开始，我看到，在这个能坐三四百人的大教室里面，足足有200人！这让我感到非常惊讶！如果以国内高校的情况看，一门没有什么用处又没什么乐趣的语言史课程，即使在英语专业内部，也不会有太多人去选修的。这一点，让我印象极为深刻。

但让我没有想到的是，哈佛的学生会如此投入地学习这门兼有语言与史学特征的课程。在一个面对200多人的大教室，上课教师最担心的大概就是学生是否能够认真听讲了。在听课时，我大都故意选择坐在最后一排，有意地观察学生的听课动态。在这里，一不见学生上课交头接耳低头说话，二不见学生上课打瞌睡看闲书发短信。由于学生几乎人手一部电脑或者 Mac Book 或者 Ipad，学生上课低头看电脑的时候较多。我也一样，因为上课需要查阅内部课程网站的相关信息，包括教师在上课时展示的 PPT，在电脑上可以下载，这样，在讲到这类问题的时候，就不必非要抬头看黑板或者教师了。当然，不能排除有人在用电脑上网浏览无关材料的可能性，或者利用这个机会思想开个小差查收下邮件也未可知。但就我所看到的学生，特别是在我目力所及的周围，都是在非常认真地抬头听讲、低头查阅、电脑记录、认真思考。而遇到问题，学生会高高举起手臂，示意教师自己有问题要提。有时候，会看到好多同学的手同时举在空中。这般情景，从我上课第二周开始到如今期中考试都过了，天天如此。

但最出乎我意料的还是，对于这门课程认真思考和研究的结果居然可以登上科学类的顶尖刊物《自然》。

事情是这样的——

教师在讲授古英语的过程中，有节课要专门讲述音韵学（Phonology）与形态学（Morphology）。简单地说，前者是一门研究言语中声音元素如何形成了一种特殊语言的学问，而后者则是对单词的结构和形式的研究。在这堂课上，教师讲到了一个现象，即现代的词汇当中，有哪些是来自古英语的，其中教授讲到了一个词：weave。

这个词有多重意思，但课堂上所谈的是"迂回行进"的意思，是个动词。既然是动词，学过英语的人都知道，就会有过去时态和完成时态的不同表达方式。而在语法书中和在人们日常使用时，这个词的标准过去式和完成时应该是：weave → wove, woven。——这就叫"不规则动词"，而学过英语的人同样知道除此之外还有"规则动词"，如"ask"（问），其过去式与完成时的变化就是在后面加"ed"，ask → asked, asked。

教师在课堂上问道：在现实生活中，当你骑自行车在车流中拐来拐去地迂回前进时，有没有特殊情况下，你也使用了weaved，而你同时认为这样做也应该是可以的？

现场有很大一部分学生举了手。老师说道：这样看来，我们通常所说的这个不规则动词（weave, wove, woven）正在变成规则动词（weave, weaved），至少在某种语境下是可以的。换句话说，在某种限定语境下的使用，不规则动词是有可能向规则化转化的。

在那次课后，教授给所有的学生发来一封邮件，继续探讨这个话题。他在邮件中说，几年前，有一组哈佛的学生做了一个统计研究，他们发现了由不规则动词到规则动词变化的规律性模式。该篇文章发表在《自然》杂志上。教授提供了该篇文章的链接。他们在文章中写道："不规则动词规则化的发展速度，与其使用频度的平方根成反比。"教授说，这个发

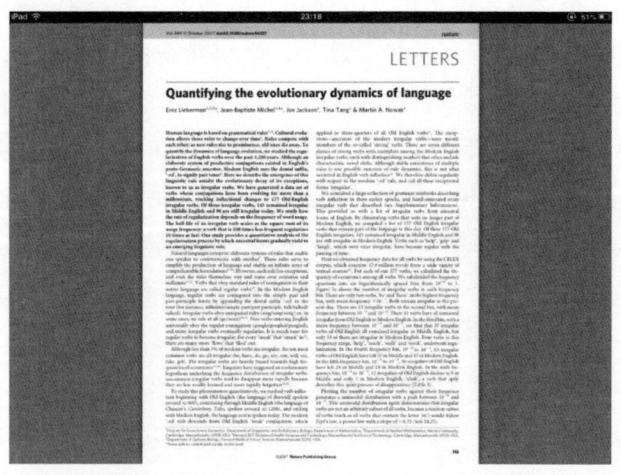

哈佛大学本科生刊登在《自然》杂志上的文章的截图。

现有其常识性的一面,即那些使用频率很大的动词趋向于非常稳定。于是,他就去查看有无关于"to weave"的说法。还真给他查到了。教授说:"该篇文章预测了哪些单词有可能成为下一个变为规则的动词。哪一个呢? 当然,最好还是你们自己去查看,并把它找出来。"

这位风趣的教授在接下来仿佛是突然想起来了一般写道:"顺便说一句:该篇文章的作者中,有两位是哈佛的本科生,他们曾帮助制作了本课程的部分课件,而他们在文章中的一些观点和证据就来自本课程。"经过进一步了解我知道了,原来是两位学生把教师课堂上的问题和所布置的思考题,带入到自己的学习之中,在与他人一道深入研究中,最终取得了重要的研究成果,于是登上了科学界的顶尖杂志。

我根据教授提供的链接,发现该文刊登在2007年10月11日(Vol.449)《自然》杂志上。该文章总共五位作者其实全部来自哈佛大学,不过有些跨了院系与不同的单位而已。但非常值得深思的是,他们来自的院系分别是:生物系、数学系、应用数学系等。

我想,这个例子可以让我们思考的东西太多太多:像语言类的课程,究竟应该怎么上? 教师如何把教学与所授课程的学术研究结合起来? 怎样才能把学生带入到研究型课堂之中? 为什么哈佛的学生会对这样一门几乎没有什么使用价值的课程感兴趣? 如何让其他专业的学生在跨学科的课程中发现本学科的人所没能发现的新发现? 为什么是其他领域甚至是毫不相干领域中的学生发现了语言领域中的重要现象？语言类学生发现了本学科领域中的那些现象没有？这个例子是否说明了通识教育之于高校创新的重要性？等等。

当然了，不是所有高校的本科生都可以把自己的学术思考刊登在世界顶级学术刊物上，但教育我们的学生认真学习所有课程——无论在当下看有用还是无用——则是所有高校的责任和义务。

（美国东部时间）2013年3月24日晚上9:10～3月25日凌晨0:30修订于Cambridge家中

在哈佛听马友友音乐会

美国高校大都非常重视艺术，哈佛也不例外，而且艺术教育是哈佛通识教育的重要组成部分。2008年12月，哈佛出台了由该校艺术特别工作委员会历时一年写就的《特别工作委员会艺术专题报告》，突出强调了艺术在大学中的崇高地位。今天，即便是不谈哈佛的艺术博物馆，不谈哈佛所拥有的众多的音乐家、艺术家，也不谈哈佛的艺术教育，单单看哈佛校园内的各种音乐会、艺术活动等，就使这座古老的高校拥有了极为浓厚的艺术氛围和现代气息。

2月底的一天，从一位中国朋友那里得到了一个最新消息，说在3月中旬，有著名大提琴家马友友的音乐会。音乐会对哈佛师生免费，凭哈佛的ID可以每人领取两张票。于是，我也到位于霍利奥克中心（Holyoke Center）一楼的哈佛售票处，非常高兴地领取了音乐会的门票。

这场"马友友丝绸之路演奏会"（The Silk Road Ensemble with Yo-Yo Ma）于3月12日晚上7点，准时在哈佛大学的桑德斯剧院（Sanders Theater）开始。当天晚上我6点15分就赶到了剧院，但那里已经有很多人，在早早地排队等候了。当晚的桑德斯剧院，座无虚席。

当演员一上台，特别是当马友友一登上舞台，观众掌声雷动，不少人在大声喊着"Yo-Yo, Yo-Yo"！这些无疑都是马友友的忠实粉丝。

马友友（Yo-Yo Ma）是美国著名的大提琴演奏家，被认为是位列当代世界上最著名也最有才华的大提琴演奏家之列。他多次获得格莱美音乐奖，2001年获得美国全国艺术奖章，2011年获得了总统自由奖章。现年58岁的马友友对于哈佛师生来说很亲切，因为他是哈佛的毕业生。1976年毕业于哈佛大学，获得学士学位。1991年，又被哈佛大学授予荣誉博士学位。在大学毕业之后，一直与哈佛大学保持着密切的联系，现在还是哈佛大学的住校音乐家。而对于身在哈佛的中国人来说，马友友可能更感亲切的地方在于，他虽然生在巴黎，但他的父母都曾是中国人。

被誉为神童的马友友，确实从小就表现出了非凡的天才。在音乐家出身的父亲教育之下，马友友5岁就开始登台演出，曾经为包括艾森豪威尔、肯尼迪在内的五任美国总统表演过节目。

音乐家上台后二话没有，各自在位置上坐下，稍试琴弦，即开始了第一首曲子的演奏。

这次名为"丝绸之路演奏会"的音乐会实际上是2013年

马友友乐团将要开始的全美六城市巡回音乐会的首场演出。

说到"丝绸之路演奏会",就不能不提"丝绸之路计划"(The Silk Road Project)。"丝绸之路计划"其实是由马友友在1998年创建的非盈利性组织,旨在联合艺术家与各种机构,推动多元文化艺术间的交流与创新,特别注重研究丝绸之路沿途各国的不同文化观念的流变状况。该计划推行后,与哈佛大学教育学院、斯坦福大学等开展艺术、文化等教育项目。她被誉为"是把世界各地的音乐家、作曲家、艺术家以及观众联结起来的艺术与教育机构"。

2008年,为了纪念其成立十周年,该项计划推出了"丝绸之路演奏会",在接下来的两年时间中到北美、亚洲和欧洲做了无数次的演出。2008年北京奥运会前,他们还曾经到北京进行了演出。需要特别指出的是,该机构现在隶属于哈佛大学,她在2010年7月将总部迁至哈佛校园时,又续签了五年的合同。

第一首曲子演奏完毕,马友友发表了简短的讲话,介绍场上的艺术家。

在当晚的演出中,总共有15位艺术家。从他们分别来自印度、日本、以色列、西班牙、伊朗、瑞士、美国和中国,就足以看出这个乐团组成的世界性与多元文化的特征。他们演奏的风格虽然具有西域的风情,其多元性也非常明显,而且场上的艺术家们绝对都具有世界一流的演奏水平。

马友友自不用说,其他人员,也同样都是国际水平。其中一位鼓手来自印度，马友友在台上宣布他刚刚从印度迁居到波士顿来。这位鼓手的乐器是印度的一种塔布拉手鼓。他在第一个曲目中，大约有10分钟是用双手连带双臂在击打手鼓，演奏技巧之熟练，表达之富有激情，鼓点之动人优美，居然让我想起了白居易的"大珠小珠落玉盘"的诗句。

我想，在整个演出过程中，场上绝大多数的观众一定和我一样惊奇于他们对艺术所做的那些实验与创新，效果令人激赏。在艺术家所使用的乐曲中，有中国传统的乐器——琵琶和笙。作为中国传统的乐器，除了我们大概耳熟能详的一些较早的音乐创新曲目之外，琵琶与西洋乐的合作其实是很少的，特别是笙，即便是在现当代中国的音乐表演中，其使用范围也都是很小的。但在这里，我们却看到了它们与大提琴、小提琴、钢琴、西班牙风笛、日本孔竹笛等放在一起演奏时所产生的那种奇妙的效果。而且，两位艺术家也都来自中国，他们的演奏水平同样令人赞叹。

在演出中，人们看到的是，艺术家已经打破了各种所谓艺术的界限，正如《波士顿环球报》所说，仿佛使人置身于流动的、没有围墙的音乐实验室之中。

音乐会的最后一个节目，更是根据一个日本流行的故事改编而成，艺术家讲一段故事情节，演奏一段，讲一段故事，再演奏一段，把观众带入到一个凄美的音乐故事之中，令人叫绝。

整场演出，除去中场休息的15分钟外，大约进行了两个小时。演出时，艺术家们全都极富激情地投入到表演中。虽然马友友是当然的主角，也是很多观众趋之若鹜的原因。但他的低调谦逊、与大家融为一体，还是给观众留下了深刻的印象。可以这么说，不仅马友友是主角，每一位场上的艺术家都是主角。在返场加演时，是三人合奏，马友友和其他团员一起，就在场上右侧的台阶上或站或蹲或坐，就那样在观看。

由于有规定，演出期间不得照相，所以，只有到了向观众谢幕之时，在得到我身边的恰好是乐团管理人员的同意后，我才拍了几张艺术家们的照片。虽然不太清楚，但也算是个纪

图为音乐会谢幕时，右一为马友友。

是个纪念吧。

马友友这个演奏乐团,被称为"21世纪最伟大的演奏乐团之一"。到过现场的人,大都会赞不绝口地说:真的名不虚传。

(美国东部时间)2013年4月1日下午5:40~8:30于Cambridge家中

哈佛的书店

世界各地的名校大都会有各自别具特色的书店,她们往往成为校园一景,既是师生购书乃至学习的场所,也是游客经常光顾的地方。

在哈佛校园的高墙之外,麻州大道(Massachusetts Avenue)与哈佛大街(Harvard Street)的交会地段,即是众所周知的哈佛广场(Harvard Square)。在这里,银行、商店、咖啡馆、餐馆等各种商家林立,当然也少不了书店。据资料记载,这里共有大大小小 20 余家书店。最大的两家,既是最容易让人与哈佛联想在一起的两家,也是最容易让人混为一谈的两家,一为"哈佛书店"(Harvard Book Store),一为"库普"(The COOP)书店。有趣的是,前者名为"哈佛书店",却与哈佛没有任何隶属关系。后者冠以"库普",却是真正的哈佛的书店。

先说说与哈佛无关的"哈佛书店"。她位于麻州大道与普林普顿大街(Plympton St.)的交叉口。书店的正对面——过了不宽的马路——即是哈佛校园的大门之一。由于其优越的地理位置，加上门面上方书写着大大的、金色字体的"哈佛书店"字样——要知道，在哈佛的校园内外，你很难找到有写着那么醒目的"哈佛"标志的标牌——自然就吸引了在哈佛校园四周参观的无数游客的目光。但若不留意（当然也很少有人会特意提起），人们自然很难搞清楚这家名为"哈佛书店"的书店，实际与哈佛没有任何关系。

该书店于1932年由波士顿人马克·S.克雷默（Mark S. Kramer）创办。当时他向自己的父母借了300美元，就在现在肯尼迪大街（JFD Street）开了一家小书店，主要出售二手书和议价书。后来，马克的太太波林（Pauline）也加入进来经营书店。20世纪50年代之后，由克雷默的儿子弗兰克·克雷默（Frank Kramer）接手经营，书店开始扩大规模。1971年还开设了分店。到1987年，今天哈佛书店的规模基本上定型。2008年10月，杰夫·梅耶森（Jeff Mayersohn）与琳达·西蒙森（Linda Seamonson）夫妇买下了这个书店。

其实"哈佛书店"的规模不大，上下两层而已，且每一层的面积也不太大。但她的确是家好书店。在其80年的经营中，特别是近年来，不断推陈出新，搞得有声有色。

"哈佛书店"最有名也是我个人最喜欢的就是她常年推出的"名作家讲座系列"了。她的这一闻名遐迩的名作家讲座几乎天天都有。仅以2006年为例，她就邀请了世界各地多达280位作家来到这里讲座。其中既有美国前副总统戈尔，更多的还是像英国作家拉什迪、美国作家梅勒、厄普代克这样的名家。就连在那个时候还默默无闻的现任美国总统奥巴马也来这里做过讲座。据书店的营销经理盖恩（Gain）介绍说，奥巴马来时，大概有20个人在书店听他讲座。就在前不久的3月27日晚，美国著名华裔作家任碧莲（Gish Jen），也应邀在此与读者见面。

书店经营有道。如果演讲人名气过大，书店就会卖票。大概5美元一张。5美元对于学生来说，若是听得多了，积少成多也是不少的一笔费用。但不用担心，拿到这5美元的票你就会知道，翻过来就是一张优惠券，同样价值5美元。书店就以这样的方式，又将费用返还给了读者。

除了讲座系列之外，书店很多举措都颇有影响力。如在当地推行绿色配送服务，由店家派送员骑自行车上门送书，一般是当天送达。2009年，该书店开始推行"按需印刷"服务，一方面满足公共领域中所使用的大量印刷品的需求，另一方面满足作者的需求，可以按照作者的要求以及能够支付得起的费用，最终决定印数。这些服务，在全美的书店行业都具有开拓性质。难怪《福布斯》杂志在2005年要把她列为"世界顶级商家"了。

由于"哈佛书店"在当地的影响力，也为了表彰克雷默家族对当地的贡献，剑桥市政府在2007年把麻州大道与普林普顿大街的交叉处命名为"弗兰克、马克与波林·克雷默广场"（Frank, Mark, and Pauline Kramer Square）。

"库普"书店距"哈佛书店"并不远,她位于哈佛广场的中心位置,就在哈佛的正门约翰斯顿大门(Johnston Gate)的斜对面。由于门口仅仅挂有COOP字样的旗帜而未见有金黄色的大字,加上处于众多商家店面之间,门面也显得狭窄,所以不容易被人注意到。但进到书店之后你就会发现,就规模而言,"库普"要比"哈佛书店"大很多,大概能抵上后者四到五个大小的规模。

　　如果说到了"哈佛书店",人们看到的是书,那么,到了"库普"书店,人们在看到书的同时,才感觉到自己是到了哈佛的地盘——从正门推门进去之后,四周的颜色,书架的颜色,似乎都是哈佛的深红色,而抬头更是能看到高高悬挂在二楼之上的哈佛深红色的校旗。而在二楼后面,还有咖啡厅,那里是学生休闲学习的好地方。

　　"库普"书店也比"哈佛书店"建立的时间早得多。1882年,一群来自哈佛合作社(Harvard Cooperative Society)的学生建立了"库普"。这个名字就取自"合作"一词的前缀"COOP",而且其运营形式也采用了合作社的方式。最初的"库普"只是卖书、卖学校用品的场所,还在冬天出售过供暖用的煤炭和木头。1916年,麻省理工学院(MIT)从波士顿迁至剑桥地区后,"库普"应邀在MIT也开了一家分店,这家分店现在依然还在MIT的校园内经营。该书店迄今已有130多年的历史,也已成为美国最大的高校书店之一。

　　"库普"书店的特点是经营范围很广,无论是书籍还是校园内外的生活用品可谓应有尽有。而且，在这里不仅可以购买到与哈佛有关的书籍，更可以购买到带有哈佛标记的纪念品。从书店的后门出去，斜对面就是"库普"书店三层高的配楼，在那里，学生除了可以购买二手教材外，更多的是专门经营各种各样哈佛的纪念品、纪念物，带有哈佛字样的衣物等。

"库普"与"哈佛书店"最大的不同，就是其服务宗旨似乎要"狭窄"很多，她明确自己的目标，就是为哈佛以及与哈佛隔河相望的麻省理工学院的师生服务。从其对待"会员"的态度上，你就可以感受到，她试图要建立的就是一种"特

哈佛的"库普"书店一角。

权"制度。在现代社会商家的多种促销活动中,所谓"会员"不过是促销手段之一,除了特别高端的情况之外,一般不大会设立入会的门槛。但在"库普",确实就有门槛的存在——唯有哈佛与MIT以及与这两校有隶属关系的单位的师生、校友以及职工才有资格成为会员。也就是说,在申请会员卡时,必须出示两校的ID卡,否则无权获得会员的资格。而我也是在申请获批成为会员之后才知道,"库普"会将当年的利润以折扣的方式返回会员手中,换句话说,唯有会员才能享受年终折扣的优惠政策。有趣的是,从1882年开始,"库普"的会员年费就是一美元,到今天依旧如此。

毫无疑问,无论"库普"书店还是"哈佛书店",她们都已成为哈佛广场当之无愧的标志性商家。不管与哈佛有怎样的关系,这两家书店都在为哈佛的师生、剑桥的师生以及各地的读者服务着。

(美国东部时间)2013年4月8日下午 8:30～11:30 于 Cambridge 家中

哈佛经典书目的生命力

一个人一生能够读多少本书？这个问题虽说因人而异，但答案也不难想象。若按平均寿命80岁计算，一个人就算是从12岁（上中学）开始阅读，也不过68年的历史。若是按每三天读一本（平均厚度的）书的进度，这68年也就是24820天，算下来也才不过8273本。这还远未达到中国古人所说"读万卷书"的目标。不是人不努力，而是书太多而人的生命太有限。正如美国著名作家爱默生所说：巴黎的皇家图书馆有85万卷图书，即使一个人从早读到晚勤奋坚持60年，那也读不到第一排拐角处就会死在那里。正因为如此，自然而然就有了古今中外经典之作的选编本的出现。

哈佛也有这样的经典之选，名字就叫"哈佛经典书目"（Harvard Classics）。它以"选集"的形式集成世界经典之作，最初出版于1909年，迄今已有104年。其影响不仅在哈佛，自推出以后波及众多名校，后来影响了整个美国的高等教育，即使在今天也有着旺盛的生命力。

编纂这套"经典书目"者不是别人，恰是哈佛历史上任期最长（长达40年）的老校长艾略特（Charles William Eliot）博士。他对哈佛贡献极大，在其卓越领导下，哈佛由一所地方院校成功转型成为了一所卓越的研究型大学。他对哈佛的另外一个重要贡献，就是依据自己的高等教育理念，为哈佛制定了一套经典书目。而这套丛书的问世，也成为哈佛教育由19世纪进入20世纪的一个转折点。

艾略特出生于波士顿，1849年毕业于当地的一所中学，随后顺利进入哈佛读本科。1853年毕业后，他留校任教，曾担任数学与化学助理教授。但后来，因为未能如愿升任教授，艾略特在1863年离开了哈佛，在其祖父遗产的资助下远游欧洲，到法国、德国、英国等去学习其教育体制。

值得注意的是，他并没有把自己的视野局限在教育制度本身，而是注重探索教育在生活方方面面所扮演的角色问题。在他观察和研究欧洲高校的时候，他特别注意其对美国高校发展的启示。

两年之后的1865年，艾略特回到美国，担任了当时刚刚成立不久的麻省理工学院的分析化学教授。

四年后的1869年，艾略特回到哈佛，担任了校长一职。那年，他年仅35岁，成为哈佛这所美国最古老的大学的最年轻的校长。

艾略特的教育理念与美国著名思想家、作家，也是哈佛毕业生的爱默生（Ralph Waldo Emerson, 1803~1882）的教育理念一脉相承，即高等教育应该注重人的品格之培养。为此，艾略特在上任之后对教育所进行的改革，不仅是针对课程，更是包括了对教育之终极目的的认知。总体来看，他认为，大学教育是要教会学生做出智慧之选择，而不仅是掌握特定的技能。为此，除了技术培训应该明确之外，大学教育应该包括历史、语言、政治、经济以及广博的科学与数学方面的知识。大学教育应该教育学生去适应教育、经济与政治变化的飞速发展，同时，也应该包括对公众的服务。

艾略特的理念，究其还是西方传统的人文主义教育。但如何达到这样的教育目的呢？像这样的教育理念是否过于抽象，难以付诸教育实践呢？在艾略特看来，不是这样的。

他说，我过去经常讲，只要一个人用心去读书，读完5英尺书架——最开始说是3英尺书架的书——就可以保证一个人受到良好的人文教育了。

后来，克莱尔父子（F. F. Collier and Son）出版公司找到他，要他编纂50卷的选集——因为这大概能够填满5英尺书架的书，并且希望这些书目能够达到他所提出的目标。

于是，艾略特接受了这个提议。由于艾略特说，人应该读完5英尺书架的书，因此，这套丛书也被称作"艾略特博士的5英尺书架"（Dr. Eliot's Five Foot Shelf）丛书。那么，这套丛书的基本内容是什么？作者选书的标准是什么呢？

这套丛书凡51卷，涵盖了世界历史上的众多名家名著，像我们耳熟能详的名家：富兰克林、柏拉图、培根、米尔顿、爱默生、亚当·斯密、达尔文、塞万提斯、安徒生、歌德、但丁、荷马、笛卡尔、伏尔泰、罗素、马基雅维利、马丁·路德、洛克、莎士比亚、帕斯卡等等都名列其中。值得一提的是，在这套丛书的第44卷中，还收录了孔子的著作，与希伯来书和基督圣经（之一）并列为一卷。

虽说51卷，但实际上第50卷为读者手册，其中包含的内容为简介、读者指南以及索引，方便读者查询前49卷的相关内容。而第51卷则为演讲集，共收录60篇演讲，主要对相关领域做介绍和总结，而这些领域涵盖了历史、诗歌、自然科学、哲学、教育、宗教等等。

"经典书目"实际上由艾略特与另一位哈佛教授内尔森（William A. Neilson）一起编纂。两人辛勤工作了一年。艾略特决定所选书目，内尔森选择具体的版本并写作简介。每一卷大约400~450页，所选"尽可能都是世界文学遗产的全篇或者完整的片段"。该书在出版的头20年间，就售出了35万套。

我们知道，过去类似的编选书目大体上是要精选众多的优秀书目，目的是要让人感受到世界进程中经典文学的丰富多彩与思想变化，从而使读者得以提高和受到教益。但艾略特说，我的本意并非要选择全球最好的50本或者100本书，而是要用23000页左右的篇幅，勾勒出一幅人类进步的图景。

艾略特对自己所选书目的作者是如此评价的：他们是文明和历史的创造者，你要与这些人同行。因此，这套书被称为一套"人人满意"的丛书。正如编者在前言中所说，这里有浪漫、有幽默也有冒险，涵盖了人类知识的方方面面。

如前所述，艾略特给出的阅读方案：每天挤出15分钟的时间就足够了。

在艾略特看来，人文教育应该达到两个目标。第一，使人产生开明之心；第二，使善于学习者与善于反思者熟知世界主流的思想情感，并认识到人的想象力是千差万别的。艾略特说，他非常希望通过阅读这50卷书，可以使所有聪慧向上而又持之以恒的读者达到上述目标。如是，也就不枉他编纂这套"丛书"的教育目的了。

虽说读的是经典，但艾略特的视野则是面向未来，立意极为深刻。他说，我的任务就是要以此为方法，使人在阅读这些古典与现代文学作品的基础上，掌握一个20世纪的文明人所应得到的基本常识。一个文明人就是要有一颗开明之心或是宽容的思维方式，除此之外，还必须了解人类的发明创造、各种经验以及对人性由野蛮走向文明这一曲折发展道路的深刻反思。

这套丛书，后来经哈佛董事局批准，变成了"哈佛经典书目"。

特别值得一提的是，艾略特通过系统阅读经典作品而使人获得人文教育的理念得到了同仁的大力支持。

他的合作伙伴内尔森教授，后来从哈佛转到美国著名的史密斯学院（Smith College）担任校长长达22年之久，也同样推崇这样的教育理念。而同时期的哥伦比亚大学英文教授约翰·厄斯金（John Erskine）以及芝加哥大学的一些教授，同样接受了艾略特的教育理念并将它发扬光大。

以哥大的厄斯金教授为例。他创立了哥大本科生学院的荣誉课程（Honors Course），后来发展成为"西方文学名著"（Masterworks of Western Literature），成为今天哥大本科生核心课程"文学人文"（Literature Humanities）的重要组成部分。这门课程推动了1952年《西方伟大著作》的出版，进而带动了美国高校中以"西方世界伟大著作"为中心的"伟大著作"的阅读运动（Great Books movement）。像"经典书目"

哈佛大学的艾略特大门。

一样,"伟大著作"至今还在出版发行之中,而且还对今天美国的家庭教育起到了重要的推动作用。

毋庸讳言,从编者的角度看,这套丛书是为20世纪的读者而编选的,但在21世纪的今天,它并未过时,而且借助于当代科技的新发展,一同进入今天人们的现实生活当中。

现在,人们能够轻而易举地从网上以300美元左右的价格购得一套很不错的"哈佛经典"。而最令人感到鼓舞的是,目前,"哈佛经典"丛书的全本已经完全可以在网上(MobileRead)免费浏览了。还有人制作了专门的网站,继续推广"哈佛经典书目"及其理念。

为了纪念这位杰出的校长,哈佛位于昆西大街(Quincy Street)上的一座大门被命名为"艾略特大门"(Eliot Gate)。在大门的左侧上方镌刻着:以此纪念查尔斯·艾略特,1908届学生捐赠;右侧书写着:我们的子孙后代将沿着他所开辟的道路行进,他的部分遗产将永远与我们同在。或许,这种方式是对老校长最好的纪念了。

(美国东部时间)2013年4月16日下午4:00~6:30于Cambridge家中

危机发生后的大学校园

2013年4月15日,既是"爱国者日"(Patriots' Day),也是波士顿举办一年一度的马拉松长跑的时间。所谓"爱国者日",是麻州的一个公共节日。1775年4月19日在莱克星顿(Lexington)和康科德(Concord)打响的战斗,是美国独立战争的第一仗,由此标志着美国革命的开始。后人为了纪念美国革命,麻州和缅因州(当年曾经是麻州的一部分),就把4月份的第三个周一作为"爱国者日"。而波士顿马拉松也具有悠久的传统,始自1897年,今年是第117届。

由于这一比赛属于世界六大马拉松赛事之一,也是最古老的马拉松比赛,因此世界各地的长跑选手每年都会到波士顿来同场竞技。然而,由于受到恐怖袭击,"415"成为美国历史上又一个悲剧的一天。

波士顿马拉松爆炸案发生后的第二天(4月16日)晚上,从媒体消息看,受伤人数已经增加到了170人,死亡人数也增至三人。其中还有一位波士顿大学的研究生,媒体报道该生来自中国。

作为一个中国学者闻讯同胞遇难，自然很想了解同胞的具体情况。但在当天（16日）晚上以及到第三天（17日）上午，我在美国媒体上没有找到这个学生的任何信息，连是男生还是女生都无从知晓。据媒体报道，该生所在的波士顿大学发言人明确表示不愿透露学生的姓名，说要先联系到学生的家人并在其同意之后才行。因此，就连中国驻纽约领事馆也未通告学生的名字。当时我也看到新华社发布的消息称，学生亲属反对披露学生的有关情况包括名字。对此，我深表理解，想想都能体会学生父母亲属此时此刻的痛苦心情，他们一定不想被打扰。为此，我也认为高校以及媒体的做法是对的——至少应该尊重学生亲属的意见。但也是在当天（16日）晚上，我登录中国的门户网站时，非常惊讶地发现：这位遇难学生的姓名不但已经被披露，就连其籍贯、本科毕业学校的信息都一览无余，而且还刊登了大幅照片！

应该是从第三天（17日）下午开始，这位遇难者中国学生的名字才开始出现在美国媒体上。而在我写作的今天，也是爆炸案发生的第四天（18日），在波士顿市的相应悼念活动中，特别是在波士顿大学，人们都在深切哀悼包括吕令子在内的三名遇难者。

而大致与此同时，16日下午，哈佛校方也得到了消息，三名遇难者之一的克里斯托·坎贝尔（Krystle Campbell），现年29岁，是哈佛商学院（HBS）食堂员工帕蒂·坎贝尔

（Patty Campbell）的女儿，而克里斯托的一个姐妹也在哈佛工作。这个消息令很多师生特别是商学院的师生感到痛心不已。

今天（18日）上午，奥巴马总统来到波士顿，在圣十字主教座堂（Cathedral of the Holy Cross）参加追思活动，面对2000多名观众发表了20分钟的演讲。他说：全体美国人与波士顿人站在一起，并再次保证会将恐怖分子绳之以法。他深切怀念逝去的三个鲜活的生命。在谈到中国学生吕令子的时候，奥巴马说，令子是一个23岁的大学生，她远离家乡。在大洋两岸，她的亲朋与好友同感悲伤，彰显了我们共有的人性。他还特别提到，让我们为那些受伤的人们祈祷，也请他们铭记：在你们身体复原的过程中，你们的城市与你们同在，你们的联邦与你们同在，你们的国家与你们同在；当你们学着站立、走路还有跑步的时候，我们与你们同在。最后，他掷地有声地表示：明年这个时候——4月的第三个星期一，世界人民将会重返这座伟大的美国城市，人们将更加努力地向前奔跑，人们也会为第118届波士顿马拉松比赛发出更大的欢呼声！

在此次爆炸案发生后，我陆续收到不少亲朋好友以及学生的问候邮件。对此我十分感谢，也心怀感恩。哈佛校园距离此次爆炸发生地有一段距离。就地理位置而言，哈佛位于麻州的剑桥市，而剑桥市又是位于麻州的省会城市波士顿的西北方向，与波士顿市区隔河（查尔斯河）相望。剑桥虽然是独立的市，但说起来更像一座小镇，属于大波士顿地区。由于哈佛大学和 MIT 均位于剑桥，也就使得这座小镇变得名闻天下。虽说有些距离，但毕竟身在大波士顿地区，加上有上百号的师生校友参加此次比赛并受到冲击，因此，正如所有深受震动的波士顿地区高校一样，此次事件对哈佛同样有很大影响。

2001年9月11日，美国遭受恐怖袭击的重创，这在美国历史上及其国民的心中留下了深深的阴影。对此我有切身感受，因为当时我正在宾夕法尼亚大学英语系做博士后，所在的费城也是恐怖分子预谋袭击的对象之一。12年之后，我又在波士顿经历此次恐怖事件。"415"事件虽然远远比不上"911"事件的伤害，但同样使美国举国震惊。在这两次事件中，除了美国及其国民的坚强与勇敢给人印象深刻之外，美国高校在紧急事件中的应对思路、积极措施以及随后的诸多做法，更值得我们深而思之。仅以此次波士顿爆炸案发生后哈佛的应对措施为例。

首先，及时通报信息，迅速公开告知所有师生。在事件发生不到三个小时的时间内，校方已经通过学校网页、邮件的方式，告知大家事情的初步情况。学校的网页也在随时更新最新情况。同时，第二天继续向大家通报有关情况。其次，校院两级领导发出通知，措施详细具体。发出通知者，第一天是常务副校长和学院院长，第二天上午是哈佛校长。而在他们给出的需要救助的措施中，不厌其烦地说明如果需要帮助，应该找哪些机构，并且把电话全部写在上面。再次，及时对课程安排等作出调整。在当天晚上，哈佛文理学院（这是哈佛最大的学院，也是主体学院，包括了本科生学院、研究生院等在内）全部停课。而同城的波士顿学院则在第二天也停课一天。

除此之外，哈佛还有许多的学术或者师生活动，来纪念这次悲剧事件。

16日下午3点，商学院200余名师生以及坎贝尔的家人在贝克图书馆（Baker Library）前面默哀，悼念哈佛员工的亲人。商学院院长诺利亚（Nitin Nohria）参加并致辞。当天晚上，一些哈佛的师生在包括纪念教堂在内的三个不同地方，分别举行烛光晚会，以此悼念逝者、祈祷伤者早日康复，并坚

2013年4月18日傍晚的哈佛校园。

定信念，继续向前。校长福斯特亲自参加在纪念教堂举行的烛光追思活动并且致辞。这些纪念活动使学生的悲痛有一个温馨的释放渠道，也使人们在与大家的共同追思中寻找到光明和希望。

16日开始，哈佛一些学者针对此次事件发表了各自的观点，主要探讨这一事件会怎样影响人们的生活。有学者提出，此次事件难免令人想起"911"，因此当时的一些举措诸如某些公共场所，有可能会检查人们的证件、包裹，增加摄像头，加强警力戒备等，可能是人们最先看到的变化。有学者认为，悲剧性事件的发生是对公共场所的开放性和自由度的一种挑战。反恐专家担心事件会进一步恶化，而有些社会工作者着重强调了暴力对于儿童的负面影响。但也有专家提醒大家，不能忘记人类精神最终一定会战胜邪恶。这些学术观点都发表在哈佛的校刊《哈佛公报》（*Harvard Gazette*）上，师生都很容易看得到。专家对现实问题进行及时与学理上的解读，可以使学生的学术生活既不脱离社会，也可以更深刻地反思现实问题。

而且，就在今天（18日），波士顿大学在网页上发布消息，该校董事会于昨天召开会议并作出决定，为了纪念该校此次的遇难者吕令子，学校将设立吕令子纪念奖学金，七位董事捐赠56万美元作为基数，号召大家为这个基金捐款。以此希望后人能够铭记今天的悲剧。

悲剧的发生总是给人带来痛苦、令人悲伤。但在上述种种活动中，除了悲痛和忧伤外，人们更在不断传递着光芒、希望和未来。

正如哈佛一位教授所说：黑暗驱逐不走黑暗，唯有光明才能照亮世界。

（美国东部时间）2013年4月17~18日于Cambridge家中

美国西部行

4月下旬，为了到加州大学洛杉矶分校（UCLA）参加一次学术研讨会，我飞赴美国西部做了一次短暂的西部行。

感谢尹晓煌教授的周到安排和盛情款待，使我在洛杉矶时落脚在他所供职的西方学院（Occidental College）。尹教授年长于我，但与我同是南京大学的校友，而且他也比我更早进入哈佛大学。尹教授从哈佛毕业之后，一直在美国高校任教。他曾任密歇根州立大学教授、该校艺术与人文全球研究专业主任。最近两年，他被聘到西方学院任该校美国研究系（Department of American Studies）的系主任。

4月下旬的波士顿，还很寒冷。但到了加州，这里已经是夏天的景致了。绿草如茵，繁花似锦，校园非常漂亮。

西方学院成立于1887年，是美国西海岸最古老的文理学院之一，位于算得上是洛杉矶的中心城市的一座小城——鹰岩镇（Eagle Rock）。据尹教授介绍说，西方学院由于是私立学校，学费非常昂贵，但由于其高水平的师资与良好的学术声誉，学生的生源非常好，素质都很高。该校与同城的著名高校——加州理工学院（California Institute of Technology）有众多的交换项目，很多课程可以互选，学分互认。西方学院的学生若是多念一年的课程，也可以获得一个加州理工学院的本科学位。

当然，近年来，西方学院更为世人所知，还是因为她是现任美国总统奥巴马的母校。奥巴马在中学毕业之后，曾入读该校，1979年到1981年，他在这里念了两年本科，然后转入哥伦比亚大学。奥巴马在回忆自己母校的时候，对她赞赏有加，认为这是一所很好的小文理学院。有关奥巴马的一则趣闻是，他对教自己政治学的教授念念不忘，或者说是耿耿于怀！2009年，他邀请该教授到白宫做客，在向大家笑着介绍老师时说：老师上课教的全都是我会的，可他却只给了我的作业一个B！据介绍，奥巴马是在西方学院开始了自己的第一次演讲，他代表学生成功地说服了校董事会成员放弃了一则在南非的投资项目，为其后来从政打下了良好的基础。该校在讲到奥巴马时说，对一个人来说，"有时候，从哪里开始，要比从哪里结束更重要"。或许，这话不无道理。

4月29日一大早，我就搭乘出租车，前往UCLA。这也是我第一次走进这座美国知名的公立大学。

虽然UCLA比西方学院早成立不过五年时间，但两者却形成了鲜明反差：一是UCLA乃公立大学，二是其规模庞大。UCLA是美国加州大学系统十所分校中第二古老的分校，与伯克利分校（UC Berkeley）并称为加州大学的旗舰式大学。就入学率而言，UCLA是全加州最受欢迎的大学，目前有在校生4万人左右，其中2.8万的本科生。该校师资力量雄厚，曾经出过15位诺贝尔奖获得者。现有教师中，有美国科学院院士51人，美国艺术与科学院院士120人。在最近的全球排名中，《泰晤士报副刊》"高等教育世界大学排行榜"，按整体实力计将UCLA排在全球第13位，以声誉计，则更靠前，排在第8位。而在《美国新闻与世界周刊》每年一度的大学排名中，2013年，UCLA位居公立大学（Public Universities）第2，在全美大学的排名中也名列前茅，位居第24。2010年时，《普林斯顿评论》（The Princeton Review）曾把UCLA列为由学生与家长共同推举的"梦想中的大学"。

这次我是应UCLA英语系张敬珏（King-Kok Cheung）教授的邀请，到这里参加一场诗歌朗诵会并担任会议的评议人。

张敬珏教授是亚裔美国研究的先驱者之一。她生于香港，早年移居美国，1984年在加州大学伯克利分校获得博士学位，继而在UCLA任教，迄今已近30年。作为亚裔美国文学研究方面的专家，她1988年就出版了《亚裔美国文学文献资料》（*Asian American Literature: An Annotated Bibliography*），该书影响深远。张教授与中国高校的关系极好。前几年还在UCLA与北大的一个项目中担任主任，与家人一起都住在北京。她在北京期间以及后来，我们共同在北外、人大以及我院参加过一些学术会议。张教授与我同为北京外国语大学英语学院华裔美国文学研究中心的客座研究员，而且她曾经在1991年在哈佛英语系做过访问教授，因此我们在学术上一直保持着密切联系。张教授在今年的3月初，邀请美国一位著名诗人于4月底到UCLA朗诵自己的诗作。在我到哈佛不久，张教授就发来邀请，问我能否参加这场小型学术会议并担任会议评论。我所以爽快接受邀请，还因为这位诗人与我有过一面之缘，而且我对他的诗歌还算比较熟悉。

诗人林永得（Wing Tek Lum）先生生长于美国夏威夷的檀香山。1969年毕业于美国常青藤盟校布朗大学（Brown University）。在大学期间，他所学专业虽为工程，但他对文学极有兴趣，编辑过学校的文学期刊。但他真正走上文学创作道路，还是从1973年纽约硕士毕业后从事社会工作时结识了著名的华裔作家赵健秀（Frank Chin）开始，因为受到了后者的鼓舞，从此在诗歌道路上走出了一条属于自己的道路。林先生的诗作多次入选文学选集。1988年，其诗作获得美国图书奖（American Book Award）。

我与林先生相识于2010年6月。当时，我们一同在台湾参加一次亚裔美国文学的国际学术研讨会。在那次研讨会上，林先生提交了个人的一些诗作，是有关南京大屠杀的。有位学者在大会发言评论他的诗作时，因为其所真实反映的日本侵略者的惨无人道的行径而悲伤落泪。这在大会上引起了激烈的讨论，参与其中的有来自美国、印度、日本、韩国以及中国大陆、中国台湾的学者。争论的焦点之一在于应该如何看待南京大屠杀，详细的内容我就不在这里赘述了，那是另一篇文章的内容。但其中有包括来自日本的学者在内的与会者提出，对于历史，应该更加理性更加宽容地看待，应该强调宽恕。

当时，林先生的诗歌还处于创作之中。现如今三年过去了，他的诗集《南京大屠杀诗作》(*The Nanjing Massacre: Poems*) 已经于 2012 年出版了。该书一经问世，即引起较大反响。作者因此应邀在包括加州伯克利分校、加州洛杉矶分校等名校在内的很多高校巡回朗诵自己的诗作。

在我接受了邀请后不久，林永得先生就把新出版的诗集寄到哈佛，使我有机会较为完整地拜读其诗作，也更全面地了解其创作思想。

4月29日中午12点，这场别开生面的诗歌朗诵会按时在 Rolfe Hall 的 301 室举行。会议由张敬珏教授主持，著名亚裔美国文学研究专家、UCLA 亚裔美国研究系主任凌津奇（Jinqi Ling）教授、UCLA 亚裔美国研究中心主任 David K. Yoo 及部分师生，包括一些在 UCLA 访学的中国学者参加了此次会议。会议开始后，张教授做了简单的开场白，接下来，林永得先生朗诵了 10 余首《南京大屠杀诗作》中的作品，并对其中一些诗作的背景做了简单介绍。

随后，我用了大约 15 分钟的时间，对林先生的诗歌从总体上进行了评述。我把林先生反映南京大屠杀的诗作放在英语文学世界中的大背景上来评论。我以为，中西方在对待1937~1945年间的中日之间的战争的态度是有所不同的。西方基本统称为第二次中日战争（the Second Sino-Japan War）而中国称之为"抗日战争"。值得注意的是，虽然中国的"抗日战争"属于二战的主战场，二战的结束也以日本向包括中国在内的同盟国投降为标志，但第二次世界大战的起始日期，却并非从1937年7月日本全面发动侵华战争算起，而是从1939年德国进攻波兰、法英随后向德宣战开始计算的。因此，二战这场全球战争，在西方被认为只持续了六年。而在我们的教科书中，八年抗战是历史记忆，家喻户晓，深入人心。

更值得关注的是，在英语文学世界中，与西方大量反映二战的作品相比，有关中国抗日战争特别是反映南京大屠杀的作品可谓屈指可数。所有的几部也基本上是近年来的作品，作者也主要是华裔作家。最突出的有两部，一部是1997年出版的张纯如（Iris Chang）的作品《南京大屠杀》（*The Rape of Nanking*），一部是2011年的哈·金（Ha Jin）的《南京安魂曲》（*Nanjing Requiem*）。两部作品在美国出版后，都引起了很大的反响。

林永得先生的《南京大屠杀诗作》同样以1937年日本侵略者在南京实施惨无人道的大屠杀为背景和主题，但其独特之处在于，作者充分利用了诗歌这种体裁，选取了战争中各种人物，在历史史实的基础上，既努力还原大屠杀时的残酷场景，也竭力去再现各色人等在面对烧杀奸淫抢掠时的所思所想及其本能反应，这其中既有被害者如中国平民百姓、父老乡亲，也有施暴者日本军人，还有遭受凌辱的"慰安妇"等。作者试图从他们各自不同的视角与心理出发，在再现战争残酷与个体面临灾难时所思所想的同时，更让当今的人们去反思战争的灾难性后果。我以为，《南京大屠杀诗作》在英语文学中，应该是继《南京大屠杀》与《南京安魂曲》之后的第三部重要作品。

UCLA会议结束后，作者（左一）与林永得先生、张敬珏教授、凌津奇教授（自左二至右）合影留念。

在我看来，用诗作的形式来如此细致入微地描写南京大屠杀是一件极其困难的事情。试想，作者需要把自己放在彼时的场景之中，面对烧杀抢掠去替受害者做出反应并替他们言说，这着实不易。可林先生做到了。正因为如此，我也感到，林先生对历史、人性有着更为深刻的了解和理解。但我也强调指出，三年前在台湾举行的国际会议上，有国外学者指出，对于这类战争文学，应该更加理性，应该提倡宽恕与宽容。无论是当时还是现在，我对此的回应是，从心理学角度来讲，唯有受害者才有权利与资格讲宽恕。当中国人还不得不面对有人拒绝承认南京大屠杀的历史事实或者淡化南京大屠杀给中国人所造成的伤害时，我的回答是：现在还不是中国人彰显他们善良、宽恕与宽容的时候。还不到时候。

我特别提到，林先生的诗作站在弱势群体的立场为中国人言说，同时，也去挖掘历史的真相。其作品的价值不仅在于历史性，其文学性同样值得称赞。但由于其题材的特殊性，使我很难去讨论他的诗作之美，但我高度评价其诗作的文学性。我也相信，作为诗人的他，同样应该得到人们更多的掌声与尊重。

会议结束之后，承蒙凌津奇教授邀请，我们一起到校园的教师中心喝咖啡。凌教授1992年毕业于华盛顿州立大学（Washington State University），是现任UCLA的美国亚裔研究系的系主任。作为美国亚裔研究方面的专家，凌教授向我介绍了目前美国亚裔研究的整体状况以及未来的发展趋势。同时,我们也更多地围绕着未来双方合作的可能性在交谈。由于自小生长在中国的缘故,虽然身为美国人且在美国生活和工作了30多年,但凌教授"为中国做点实事"的拳拳之心,令我印象深刻,深受感动。

(美国东部时间)2013年5月10日初稿
5月14日下午4:00~5:45修改于Cambridge家中

"两弹元勋"邓稼先的博士论文

4月29日在加州大学洛杉矶分校参加完诗歌会议后,停留了一天,我就飞往美国中部的芝加哥,然后转往位于印第安纳州的普渡大学(Purdue University)参加另外一个学术会议。

此次到普渡大学,是为了参加5月2日~4日的"第六届中美比较文学双边讨论会"。会议由国内清华大学比较文学与文化研究中心和美国普渡大学比较文学与宗教研究中心共同发起主办。中国比较文学代表团由中国比较文学学会副会长、清华大学外文系长江学者特聘教授王宁先生领衔,由包括四川大学文学院院长、教育部长江学者特聘教授曹顺庆先生等在内的九人组成。

此次会议为第六届,首届则可追溯至1983年。当时的中美双边研讨会在北京举行,由当时的中国社会科学院副院长钱锺书先生主持,出席会议的中美双方正式代表各十人。该次会议对中国比较文学学科在20世纪80年代的全面复兴起到了重要的推动作用。此后,这种双边研讨会大约每隔三年举办一次。本次会议成功地继承了中美双方比较文学界以及更为广泛的文学研究界的平等对话传统,同时将文学研究拓展到了对跨文化和跨学科领域进行研究。

特别值得一提的是,在会议期间,5月3日的中午,承办方普渡大学在该校图书馆的Swaim Room举行了一个与中国有关的"普渡大学档案资料与特殊展品展览",使参会者对于该校有了更多的认识,也使我们对该校与中国的联系有了更深入的了解。

普渡大学实际有六大校区,主校区位于芝加哥南部的西拉法叶特(West Lafayette),也就是我们这次参会的所在地。该校成立于1869年,从1874年第一届只有6位指导教师和39位学生,发展到今天4万人的规模,其中本科生约占四分之三。该校在2012年《美国新闻与世界报道》的大学排行榜上,位列公立大学第26位,在全美大学中排名第65名。该校的航空学历史悠久,为美国首个授予四年制本科航空学历的大学,也是第一个有自己机场的大学。普渡大学有美国"宇航员的摇篮"之称,曾经培养出了23位宇航员,其中就包括首位登上月球者——阿姆斯特朗(Neil Armstrong),而最近登上月球的赛尔南(Eugene Cernan)也是这里的毕业生。由此可见该校航天航空专业的强大。

展览时,该校有关人员介绍说,普渡大学的国际化程度很高,国际学生人数之多位居全美高校中第四位,而仅来自中国的学生就占了全体学生人数的10%！换句话说，中国学生应该有4000人之多。

面对来自中国的学者，介绍人自豪地说，普渡与中国有着悠久的历史，最早接收来自中国留学生是在1909年。这类信息固然吸引人，但我在现场的一个"小小的发现"一下子吸引了我的注意力，我看到展览桌上摆放着邓稼先的博士论文。确认无疑之后，我即招呼大家过来一起观看。见此，介绍人骄傲地向我们说道，他是我们普渡大学的毕业生。我询问：这论文是原版吗？答复为"是"。

虽然与会者都是文科学者，但大家对邓稼先的名字都不陌生。邓稼先作为我国"两弹元勋"和中国核武理论研究的奠基人，为新中国的核武研制做出了卓越的贡献。能够在普渡大学看到邓稼先的博士论文，令所有在场的中国学者感到意外、惊奇和欣喜，纷纷拍照留念。

这篇博士论文只有薄薄的一本。外面的封面是一层牛皮纸，里面是普通的白纸，系全英文撰写的打印本，但显然使用的是旧式打字机打印而成。论文有几个地方引起了我的注意。

第一，邓稼先的英文名字使用的是威妥玛式拼音法：Chia Hsien Teng。其导师的名字，因为写的是花体而看不清楚。但从作者"鸣谢"中的第一人为Dr. D. ter Haar看，与有关资料所说相符——杨振宁先生说，邓稼先的导师是荷兰人，叫德尔哈尔。

第二，该博士论文上只写了"Doctor of Philosophy"（哲学博士），未写明具体的专业或者方向（可能60年前都是如此吧）。但若与其所学物理学相连，应该是"物理学博士学位"（Doctor of Philosophy in Physics）。

第三，博士论文上的签字日期为1950年8月15日。我后来在普渡大学的e-Archives上查到，邓稼先获准被授予博士学位的时间为：1950年8月20日。当天同被普渡授予博士学位者不过54人。

第四，论文不长，除了"Introduction"（《前言》）和"Bibliography"（《参考文献》）两章外，只有三章，第二章为"Detailed Discussion"（《详细讨论》），第三章为"Numerical Results and Graphics"（《数值结果与图表算法》），第四章为"Mathematical Appendix"（《数学附录》）。若不算第五章《参考文献》部分，内文仅38页。有趣的是，可能是由于那个时候的打字机比较落后，很多公式打不出来，因此，论文当中有很多应该是作者亲手添加的内容。其中，也有地方是因为打错而作者用水笔改正的地方。

第五，博士论文的题目，内行人译为《氘核的光致蜕变》（The Photo-Disintegration of the Deuteron）。对物理学我是外行，对这样的题目自然一窍不通，但我看有关报道称，杨振宁先生早就认为这个题目属于理论核物理的范畴，在当时是很时髦的研究，并称由于其导师是搞核物理研究的，所以邓稼先很自然地也做了核物理方面的研究。

我感到好奇的是：在20世纪40年代末期和50年代，研究核物理（哪怕是理论核物理）应该算得上敏感学科了（记得有传记作品称，钱学森先生就是在1950年回国时受到美国方面阻拦的），但在这篇博士论文上写的是——呈图书管理员：本论文不涉密（To the Librarian: This Thesis Is Not to Be Regarded As Confidential）。为此，导师还签了字。不知详情究竟如何。

说到邓稼先的留美经历，据一般文字资料介绍，他于1947年通过了留美考试，在1948年的10月到普渡大学读研究生。令人惊奇的是，他在不到两年的时间里，就获得了物理学博士学位。也就是说，从他入学的1948年10月算起，到他获得博士学位的1950年8月（并在8月底离开普渡），他在普渡大学的学习和研究时间不过只有22个月的时间。

虽然我注意到那个时候的人们读博士的时间好像都比较短（比如杨振宁在芝加哥大学，也不过是用了两年多的时间，1946到1948年），但还是感到有点惋惜，对邓稼先这样一位

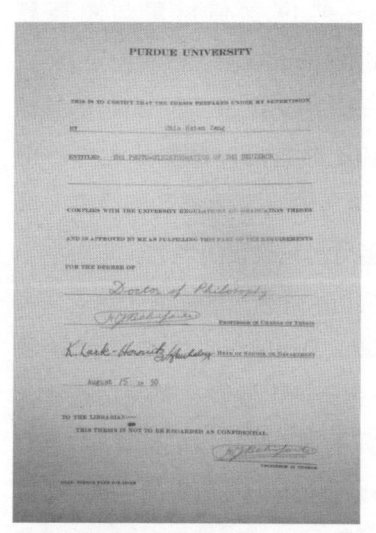

邓稼先的博士论文签名页。

聪慧而优秀的学生在普渡大学的学习情况，无论是现场的资料还是现在的文字介绍，无论是英文还是中文，大都语焉不详。普渡大学对他的介绍文字，仅只是说"邓稼先 1950 年在普渡大学获得博士学位"。我后来看到网上资料介绍时，也只是说由于邓稼先学习成绩突出，不足两年就读满了学分并通过了博士答辩，且因为他当时年仅 26 岁，被人称作"娃娃博士"。

对于这样一位为了祖国事业曾经隐姓埋名长达 28 年之久，为中国的核武事业做出如此卓越贡献的英雄，其早年的事迹还是应该为更多的人所知道。我想，如果有传记作家能够挖掘出更多的资料，那该是多么励志的文章啊。

（美国东部时间）2013 年 5 月 15 日初稿
5 月 20 日下午 5:00～5 月 21 日凌晨 1:00 修改于 Cambridge 家中

听杜维明先生谈文化中国

在 UCLA 和普渡大学分别参加完学术会议,5 月 4 日回到哈佛后,就看到相关消息称,5 月 7 日,杜维明先生将在燕京学社做主题为"文化中国再审视:认同问题"(Cultural China Reexamined: The Question of Identity)的讲座,对此充满了期待。

杜维明先生祖籍广东,1940 年出生于昆明。1961 年年仅 21 岁时,在台湾东海大学获得学士学位,此后前往哈佛东亚语言与文明系继续深造,两年后获得硕士学位。1968 年获得历史与东亚语言博士学位。毕业后,他曾经在普林斯顿大学、加州大学伯克利分校等名校教过书。1981 年受聘于哈佛大学,自此之后,一直在哈佛任教,担任东亚语言与文明系中国历史与哲学教授、儒学研究教授。

在杜维明先生出版的 30 余部中、英文论著中,他着重研究儒学传统的现代转型,致力于儒学的第三期发展,推广文化中国,强调文明对话的必要性以及对现代精神的反思,其儒学思想备受国际学界重视,曾经受邀到联合国以及印度、新加坡等国家发表重要演讲,推动联合国以及南亚五国所倡导的儒家文明。2008年,北京大学开始筹建高等人文研究院,2010年9月28日正式挂牌建立。杜维明先生受聘为该院首任院长及人文讲习教授。据介绍,该研究院立足中国传统,致力于具有国际性和原创性的跨文化学术研究。如此宗旨,邀请杜维明先生担纲领头人真是绝佳选择。

讲座在哈佛-燕京学社举行。当天中午12点15分左右,我就来到了位于神学大道(Divinity Avenue)上的燕京学社所在地。

杜维明先生在哈佛-燕京学社演讲。

进入大楼一层右转往前走，到了Common Room，看到已经有不少人到场。不到12点半的时候，这个小小的报告厅已经座无虚席，后来者只能或蹲或站或在门外聆听。大概在12点40分，讲座开始，先由燕京学社现任社长伊丽莎白·佩里（Elizabeth Perry）教授作介绍。

简短的介绍完毕，讲座开始。杜维明先生首先提到，个人何以以"再审视"为题，为什么要再度思考认同问题。其实，对于文化中国的概念，杜先生早在1989年的《文化中国：边缘即中心论》(*Cultural China: the Periphery as the Center*) 一文中，就对此有过最初的详尽阐释。但他认为，自此之后，在这将近四分之一世纪中，文化中国曾有的三个各自独特而又不可分割的意义世界（或称象征世界）发生了重大转变。而正是这些变化，导致自己需要重新审视已有的观点。

文化中国的第一意义世界，包括中国内地、香港、澳门、台湾地区以及东南亚国家，到如今都发生了天翻地覆的变化。现在的一个问题就是，作为一个"中国人"和/或"华人"（Being a Chinese，当然此处究竟应该如何翻译和称呼，是一个复杂的学术问题，此处不赘述）的意义，变成了一个复杂的问题，而非简单的以国籍而论的事情。在这一意义世界当中，文化中国应该涵盖56个民族，而不是仅有的汉人的狭隘的观念。而在港澳台地区以及马来西亚，对Chinese以及文化中国的理解，也都发生了变化。比如，港人在最近的三五年认同自己是中国人的人数在不断增加。而在台湾，不少人更愿意把"中国人"和华人分开。

第二意义世界主要指散布在世界各地的华人社会,包括海外华裔、华侨等,最突出的是马来西亚,也包括泰国、印尼或菲律宾。在美国、澳大利亚、欧洲等地,华人的比例加起来,也不算少。这一意义世界的变化,来自于跨学科的离散研究所带来的丰硕成果。虽然这些华侨为"大中国"(Greater China)所吸引,但越来越有离散或曰游子之心态。

第三意义世界主要指与中国既无血缘关系、婚姻关系,也无地缘关系的国际人士,主要是学者和汉学家,也包括长期与中国文化或中国打交道的企业家、政府官员等。他们主要通过各自的母语来了解中国以及中国文化等。随着时代的变化,这类人员越来越多。而这一变化最具挑战性的,是带来了比如中国人的国际形象等诸多问题。

由于时代的巨变,杜先生提出,自己原有的观点"中心无处可寻,边缘四处可见"应该更改为"中心无处不在,边缘也已成为中心"。文化中国的精神资源非常丰富,儒家只是其一,像道教、佛教、基督教、伊斯兰教等等都是其中组成部分。就文化中国而言,当说到"我们"的时候,这个"我们"(we)应该是开放的、多元的和自省的。

从整个讲座看,杜先生废话全无,直奔主题,简明扼要。讲座中,他既谈个人求学之经历,更谈前辈与同时代学人之精神;从早年对文化中国的思考,从历史演变、社会发展,到学问渐进、个人思考之深入，从中国内地到港澳台地区，从海外华人到海外友好人士，进而重新思考文化中国的认同问题，其视野之国际性，知识领域之博古通今，令人佩服。

整个讲座在最后的简要问答后结束，与会者热烈鼓掌，感谢这位游走于世界各地为文化中国鼓与呼的大师的精彩讲座。

走在回来的路上，我更加感慨的是，在世事演变的过程中，这样一位世界知名的大家，还在不断修正、补充和完善个人的观点，而不是一味强调其过去以及现在的一贯正确性，仅此，就足以令后学心存敬意。

（美国东部时间）2013年5月28日下午3:30～7:30修改于Cambridge家中

哈佛的毕业典礼周

时光飞逝。一转眼就进入5月，而进入5月也就进入了学期最紧张也是最激动人心的时期。因为头两周是学生紧张的复习与考试时间；而这两周时间一过，随即就进入了全校期盼的毕业狂欢季节。

哈佛每年举办毕业盛典的场所，都是在哈佛园的中心位置——三百周年广场（Tercentenary Theatre）。这里呈四方形，前后是哈佛的两大标志性建筑：威德纳图书馆和哈佛纪念教堂，中间一大块活动场所，地上绿草如茵，树木挺拔而错落有致。

其实，早在5月中旬，学校就已经开始为这场盛典做准备了。先是在教堂前面的台阶上，开始搭建顶棚，安装音响设备，这里是毕业典礼的主席台。广场之内的树木上，开始挂上了哈佛的校旗和各个学院的院旗，最醒目的则是威德纳图书馆前面的大理石柱子上，悬挂了三面巨大的哈佛旗帜，极为引人注目。由于哈佛的颜色是深红色，所以仿佛是在一夜之间，校园内彩旗飘扬、人流涌动、喜气洋洋，一片欢乐祥和的气氛。广场内，工人在不断地添加座椅，除了通道之外，所有地方都按照不同的区域，摆满了座椅。据学校报道，今年参加毕业典礼的人数在3.2万余人。当然，由于距离主席台太远，广场的中间与后面架上了几个巨大的电视转播屏幕，可以同步直播，供后面的观众观看。

今年的毕业典礼时间定在5月30日。但实际上，哈佛的毕业典礼一般都能持续一周时间且由一系列活动组成。今年的活动，主要集中在28日、29日和30日举行。

5月28日上午11点，优秀大学生文学活动在桑德斯剧场举行。这样一个文学活动是哈佛自18世纪以来的传统，一般邀请一位诗人和一位演讲家来跟大家见面交流。今年邀请的演讲家是哈佛的校友、普利策奖获奖记者、前驻美国高等法院记者琳达·格林豪斯（Linda Greenhouse）。诗人则是曾经获得2008年美国批评家图书奖的奥古斯特·柯蓝札乐（August Kleinzahler）。

5月28日下午2点之前，毕业生身着学位服绕大学楼与哈佛雕像一周，然后进入纪念教堂，参加在这里举行的年度学士学位礼拜。这一仪式具有悠久的历史，可以追溯至哈佛的早期建立时期，参加者只有毕业生。仪式算是告别致辞，由校长和圣职人员发表演讲。从正式程度来说，要比毕业典礼稍逊一筹。

5月29日是哈佛的毕业纪念日（Class Day），这一天是美国很多高校都有的一个日子，毕业生会在这一天庆祝自己完成所有的学业，通常辅之以朗读诗歌、演讲等活动，同时也会邀请知名人士来做演讲嘉宾。今年邀请的是CNN前著名女主持人索莱达·奥布莱恩（Soledad O'Brien）。她在演讲中结合自己的亲身经历以及父母的生活经验，告诫毕业生要走出一条自己的人生道路。

当然，最重要的日子，还要数30日的全校典礼日了。这一天的盛典，是由上午、下午两个主会场活动与各院系的活动三部分所组成。

上天似乎眷顾哈佛，前几天还在不停地下雨，到30日清晨起来一看，雨过天晴，天高云淡，天气可谓十分适宜这种集体活动。

30日的活动是要凭票才能进入的。哈佛中心校区的各个大门全部都有人把守，唯有持各种不同区域票据的人方能进入。进去后要进行严格的安检。当然，没有票也没有关系，在各个院系的一些大厅，都设有大屏幕的电视，有现场直播，可供观看。广播中有转播，在哈佛的网站上也有网络同步直播。

网络直播大概是从上午9点以后开始，但实际上，早上6点多，毕业生们就开始进场了。典礼当天早上，大概在7点左右，毕业生先用早餐。之后，在8点钟，大家进入纪念教堂做简短的礼拜。随后，毕业生列队穿过哈佛园的旧园（Old Yard）区，再进入三百周年广场参加上午的授予仪式。

学位授予仪式在9点45分左右开始。会议由教务长艾伦·加伯（Allan Garber）主持。按照传统，先由3位毕业生分别代表英文本科生、拉丁文本科生和英文研究生做演讲。学生演讲的目的，最初象征着为自己的毕业论文进行答辩，但随着时间的流逝，主题已经变成了学生谈论各种重要问题、当前事件以及个人在哈佛或者世界其他各地的经历了。之后，各个学院的院长依次向校长和董事会主席介绍自己本院的毕业生候选人。然后，毕业生集体起立，由校长福斯特宣布授予其相应的学位。仪式非常正式，要求所有人员全部穿学位服、戴学位帽。仪式依照学位从高到低，从博士到学士，各自不同院系、不同学位，最后是哈佛主体本科生。

当天上午，哈佛还授予了九位荣誉博士学位，其中包括今年来做毕业典礼演讲的著名媒体人奥普拉·温弗瑞（Oprah Winfrey），还有一位是波士顿市市长托马斯·莫尼诺（Thomas Menino），他是波士顿历史上担任市长时间最长的人，长达20年之久。在4月中旬的波士顿爆炸案中，他有出色的表现。因为腿部受伤，他一直都坐在轮椅上。其余几位都是学术界的人士，包括MIT的教授，都是为学术做出了极大贡献的人。我在想，作为名人，他们都为这个社会做出过杰出的贡献，作为大学，授予其博士学位其实也是一种表彰，同时，也是大学关注社会并对社会做出贡献的一种方式。

上午的仪式到11点半结束，然后毕业生都回到各自学院，参加各个学院举行的毕业典礼与颁发毕业证书仪式。我到哈佛法学院去体验院系是如何举行毕业典礼的。法学院离哈佛园不远，几步路就到了。那里，也是个与三百周年广场很相似的四方形广场，等走到那里时，发现已经是人山人海了。校友、毕业生及其亲朋好友在广场上就座。仪式依惯例，有毕业生致辞、院长讲话，最后是证书授予仪式，毕业生一个挨一个上台接受证书，并与院长握手拥抱。

各个学院的午间活动在2点左右结束，然后毕业生陆陆续续又回到三百周年广场。

2点半，下午活动开始。这个下午活动，实际上是哈佛校友会的年度会议。从着装上看，大家就是正装而已，已经脱去学位服。会议由校友会主席主持——因为从上午授予学位之后，全体毕业生自动进入校友的行列。

先是校长福斯特讲话，向全体校友汇报这一年的情况。之后，就是毕业典礼中最激动人心的环节了，由广受师生爱戴的奥普拉进行毕业典礼演讲。

奥普拉是当今非常受美国人爱戴、具有巨大影响力的明星主持人，也是一位慈善家。虽然童年生活不幸，但她从未气馁，奋发向上。在其30岁左右时，开始在电视上崭露头角，并逐渐形成了自己的主持风格。从1986年到2011年，她主持《奥普拉·温弗瑞脱口秀》长达25年之久，曾创下在连续25个季节中排名第一的辉煌成绩，给美国的脱口秀节目带来了革命性的变化。2011年，她从长期工作的美国广播公司（ABC）走出来，创办了自己的"瑞网"，这是一家进入了三分之二美国家庭的电视网。她还建立了个人的基金会，为自己

奥普拉演讲结束后，人们起立鼓掌。左边第一人为哈佛大学校友会主席，右二为哈佛大学校长福斯特。

的慈善事业募集基金，在女性、儿童等接受良好教育、获得平等待遇等方面做出了很大的贡献。

奥普拉演讲的主题思想之一，就是通过个人的实例，告诫即将进入社会的大学生，不要担心失败，因为失败是人生的一个组成部分。她说，我正是处在低谷时期，接到了福斯特校长的邀请来做今天的演讲，当时我在想，我到哈佛来，能够向学生们讲些什么呢？为此，我想，我一定要扭转目前的生活和工作局面。到今天，我能说，我做到了，我已经扭转了不利的人生局面。最后，她说，你们不知道哈佛对我的影响有多大呢。

奥普拉的演讲结束后，整个毕业典礼逐渐落下帷幕。下午4点，整个仪式结束。

（美国东部时间）2013年5月31日初稿

6月11日下午3:30～8:00修改于Cambridge家中

哈佛如何考核青年教师

5月19日下午3点，我与英语系多诺霍教授（Daniel Donoghue）相约来到位于离哈佛校园一步之遥、在百老汇（Broadway）大道上的一个星巴克内喝咖啡聊天。

多诺霍教授是个温文尔雅、待人和蔼可亲的著名学者。在这个学期中，我去听了他的有关英语史的本科课程，了解了很多有关哈佛本科生通识教育课程的详细情况。多诺霍教授1986年从耶鲁大学获得博士学位后就到哈佛任教，在英语系他这一辈人当中，属于到哈佛最早的学者了。

我们之间的聊天完全是随心所欲，从美国到中国，从北京到波士顿，从中国教育到美国教育，想到哪儿谈到哪儿。其中有一个话题是我感兴趣的——即哈佛是如何考核青年教师的，于是我们围绕这个话题聊了很多。

当然，由于中美高等教育体制的不同，如果单单从"考核青年教师"这句话来说，中美双方的所指也是不同的。

中国的情形大家都知道，青年教师主要以年龄来区分，不管你是教授与否，只要在40岁或45岁以下，应该都算得上是青年教师。不仅对青年教师，对所有教师来说，考核是常态。这些不用我赘述。

美国高等教育施行的是终身教职制度（tenure track）。所谓终身教职，是美国高校给予教师的一份具有高级学术职称的合同，其最大特点或者说合同人最大的受益点在于，没有正当的理由，高校无法终止这份工作合同。在美国的大学，一般教职分为三个等级：助理教授（assistant professor）、副教授（associate professor）和教授（professor）。绝大部分的高校，到副教授阶段是个槛儿，也把副教授称作是"高级学术职称"，一般就会给予终身教职，至于未来何时能够晋升正教授，各校情况不尽相同。

哈佛只给正教授以"终身教职"。因此，这里常见的分法是"Junior Faculty"（初级职位教师）和"Senior Faculty"（高级职位教师），这当然主要不是按人的年龄来划分的，而是指在终身教职制度中，是否获得了高级的终身学术教职。

在我看来，所谓"初级职位教师"，其实就是青年教师。在美国，读博士者一般目标很清楚，就是要在未来到大学或者科研机构中谋职。那么如果从22岁大学毕业算起，直接读博者（除了高校中类似专业性质的学院如教育、法学等，一般人文类的学院授予硕士学位者较少），一般需要5~7年的时间。若按6年平均数计算，那么到博士毕业时，应该是28岁左右。如果进入一所大学工作，又进入到终身教职的系统之内，那么，在哈佛，是需要7到8年的时间才能当上正教授的。那时应该在35岁左右，当然，这是最快的情形了。因此，这一阶段，称为"青年教师"也确实未尝不可啊。

虽然我对哈佛的终身教职制度有一定的了解（因为学校有相关的公开制度），但我还是想从多诺霍教授作为评审之人的角度，多知道其中的一些细节，从而了解哈佛是如何去考核这些青年教师，然后又依靠什么样的原则去评定何人能够晋升、何人应该另谋出路的。

多诺霍教授说，考察大致分为三个层级：英语系、英语系所属的文理学院和校级。在英语系，一般会成立一个由系主任任命的评定委员会，主要负责该系人员的晋升问题。对于晋升人员的第一次考核，是从其入职的第二年开始的。但这一次的考核比较随意，主要是了解其教学、科研状况，帮助其更好地融入，使其更好地走上教学和科研的轨道，方式主要是与其谈话、聊天、了解情况等。第二次考核，是在其入职的第四年，这次考核就很正式了，因为此次考核决定其是否能够晋升副教授——如果这一步晋升不上去，那就意味着在今后几年之内失去了在哈佛获得终身教职的机会。因此，当事人会非常重视，需要上交各种材料，包括科研的、教学的等等。系评定委员会在查看相关资料等工作的基础上写出推荐意见。之后，系主任会联系校外专家，请求其为晋升人员写推荐意见。待收到外审意见之后，系主任会召集全体教授讨论，然后再进行投票表决。表决之后，上报学院，由学院院长等组成的一个评审委员会，对系里提交的材料与意见进行审核。如果没有异议，会附上一封起草的任命信件返给系主任。

多诺霍教授说，在第四年，相关程序虽然很正式，但一般来说投赞成票的还是会多一些。但到第七年的时候，就非常严格了，因为毕竟是要决定是否给终身职位的时候了。按照哈佛的规定，这个阶段英语系的考核程序与上述无异。但在这一关时，系主任需要收到的推荐意见函，要达到12~15封之多！而且，系主任会在信中明确要求将晋升人员与该领域中顶尖的四到五位学者进行对比。之后，系里的评定委员会

哈佛的麻州大楼，既是校长办公的地点，也是校特别委员会举行会议的地方。

要写出推荐意见，且必须要说明晋升人员所提交材料的优势与弱点，然后拿给全系教授去看。大家在此基础之上讨论，并投票表决是否推荐晋升。如果大多数人的投票结果是赞同的，那么系主任会写出系里的最终意见，连带晋升者的材料一同上报学院。需要注意的是，在这一环节，无论赞同与否，每个投票者都要写一封密件，写明同意与否定的原因，然后同晋升人员的材料一同上报学院。之后，到了学院这一关，由院长组成的评审委员会对此进行审核，之后做出是要向校长及特别委员会提交材料，还是其他的决定。

如果提交到了校长及任命的特别委员会阶段，那就进入到了一个非常严厉的阶段，因为所有终身教职的任命权最终在校长。但这么说，并不是说校长一人说了算，而是一般由其任命一个特别的临时委员会，由校长或者教务长主持会议。这个委员会一般由三位校外知名专家和两位并非来自晋升者所在院系的校内专家，以及相关的校级与学院领导组成。在这个阶段，学校会聘请外面的专家到学校来参与到这个会议之中接受询问。以写推荐信的专家为例，有人说某人可以，有人说其他人最好，那这期间就会有个比较。多诺霍教授笑着跟我提到，说在自己评审多年之后听说，会上有一个评委的质疑问题令被问者感到非常气愤。当然，这实际上从一个侧面说明了在校长及特别委员会这个阶段，评审不是走过场。而且，会议还会专门把晋升者所在系的教授代表（既有赞同者，也有持反对意见的人员），一个个单独请来当面面谈。这些人被称作证人

（witnesses）。为了保证公平公正，这个委员会的组成及其相关活动属于绝密。一旦会议形成了决议，由校长决定是否给予终身教职的最终决定，然后会迅速通知院系领导以及本人。而这个决定只有"同意"或者"不同意"，而不给出具体的原因。

然后，我问了一个很中国的问题：上述说法似乎只提到了规则和程序，但对于青年教师来说，有无具体的教学和科研的数量的规定，比如有无要发表多少文章、在什么级别的刊物上发表以及出版多少本书等，然后才算是通过。多诺霍教授笑道，这样做，画画勾倒是很简单，但不会这么做。我继续问，那你们要看什么样的材料？或者说凭什么说，一个人可以，而另一个人不可以？他说，主要还是看著述。我问：有无具体的要求呢？他说：对于第二年的人来说，一般不太有要求，但到了第四年，会有要求。到了第七年就更是如此。主要要看出了几本书，是在哪些好的大学出版社，或者有名的出版社出版的著作，发表了多少文章，参加了多少次学术会议，发表了多少会议论文的情况等。我问：有无具体的规定，比如多少本或者多少篇？他说，这倒没有，不过，一般来说，大家会有个前后的对比，比如以前大家认定的人员可以作为一个标杆，再来对比一下现在的人的情况，应该会得出一个比较客观的结果。我说，听说有的学校规定，以博士论文为基础的著作不能算作是著作，哈佛是这样吗？他说：这种情况在德国是存在的，但在哈佛不是这样的。一般来说，大家都会把自己的博士论文出版，也会算作是自己的科研成果。但对于到了七年的人来说，一般应该有第二本著作出版。

我问：那如何评价晋升人员的教学情况呢？主要看学生的评价吗？他说，主要是看学生的评价。我问：那一堂课上，总有学生会对这门课程不感兴趣，如果这几个学生执意要写一些负面的评价，这对老师是不是不公平？他说：这种情况确实存在，但个别的较低评价，一般不会影响对教师教学水平的认定，但反过来说，过低的评价分数总归是可以说明一些问题的。

将近一个半小时的聊天很快就结束了，与多诺霍教授握手告别时，我们相约找机会再聚。在回来的路上我在想，这只是一次随意的聊天，所谈到的相关内容远不够完全和详尽，但还是能够看到哈佛对青年教师的成长所持有的那份细心和关怀，但其相当严格的制度以及对学术的崇高追求，要从规则上保证哈佛永远拥有最好的教师，给我留下了深刻印象。

（美国东部时间）2013年6月19日初稿
6月23日下午8:30 ~ 11:50修改于Cambridge家中

哈佛的自然历史博物馆

哈佛不仅图书馆多,博物馆也不少。除了几个富有特色的艺术博物馆之外,哈佛最出名的要数其自然历史博物馆了。由于该馆对本校师生优惠,不仅他们免费,还可以免费带一位朋友。于是,在6月一个晴朗的日子里,我和一位朋友就来到了位于牛津街上的自然历史博物馆参观。

"哈佛自然历史博物馆"(Harvard Museum of Natural History)实际上包括了三个博物馆:植物标本馆(Harvard University Herbaria)、比较动物学博物馆(Museum of Comparative Zoology)和地质学与矿物学博物馆(Geological and Mineralogical Museum)。由于该馆的大楼还与另外一个人类学与民族学博物馆(Peabody Museum of Archaeology and Ethnology)相连接,因此,进去之后,实际上可以参观上述四个博物馆。这里不仅是哈佛的一个著名景点,也是游人到波士顿后必然驻足参观的地方。

当天,我们进了大门之后来到接待处,出示ID,然后对

哈佛的自然历史博物馆。

方给了两个紫色小标志,我和朋友别在身上之后,转身上楼参观。

楼上左侧,是植物标本馆,且通向动物标本馆等。右侧,则是地质学与矿物学馆,里面延伸处还有人类学与民族学馆等。应该说,这里的每个展馆都各有特色。在地质学与矿物学馆,人们可以大致领略地球与行星科学的相关知识;在新英格兰地区森林馆,人们可以深入了解本地区森林的自然历史与生态状况;在气候变化馆,人们可以通过包括哈佛专家在内的世界最新的学术研究成果,了解我们所生存的地球环境的真相,并决定该怎样为地球的未来做些什么。除此之外,还有植物标本馆、动物标本馆、人类学与民族学馆等等，都好像一个个宝藏，等待着人们去探索和挖掘。

我想，每一个馆，馆中的每一件藏品，都有着悠久的历史与无数的故事，都可以写成一篇篇文章。但在这里，我想提两件极富特色的藏品，一是紫晶洞，二为玻璃花。

人们进入地质学与矿物学馆后，就会看到门口的左侧，是个电子显示屏，点击可以进入视频介绍。展室呈四方形，八个长形的展示柜分四排排列，两个一排，中间和彼此隔开。同时，在进门后的两侧，以及正对面的墙壁处，同样有两列巨大的展示柜。在这些展示柜中，全是来自世界各地的成千上万的稀有矿石和闪闪发光的宝石，既有天然的，也有经过加工的。而在墙的另外两面，除了有一些文字介绍之外，

哈佛自然历史博物馆中的地质学与矿物学馆一角。

还在一面设有展示板，上面既有宝石矿物标本，也有相关文字介绍。

而最引人注目的，是展室中央的一个白色展台上，放着一块庞大的，也是该馆最大的一块紫晶洞（amethyst geode）。据介绍，紫晶洞大概形成于亿万年前的地质生成时代，是由于地壳中的无水硅酸流入了空洞，在一定的压力和温度下附着在崖壁结晶而成。这块紫晶洞的正面应该是用玻璃封闭起来了，但内部可以一览无余。人们可以看到，在这个大大的中空的内壁上，布满了紫水晶，色彩明艳，纯净无瑕。据说，巴西是著名的紫晶洞产地，这块巨石就来自巴西，且重达1600磅。它应该算得上镇馆之宝了。

实际上，这里还有很多岩石与矿物标本，其渊源可以追溯到太阳系产生的时代，而有些古代的陨石中包含了地球上最古老的矿石如锆石晶体（zircon crystals）等，已经有43亿年的历史！真是令人不可思议。而透过这些矿物和宝石，人们可以窥斑见豹，想象到我们所生活的这个星球曾经经历了哪些神奇的演变，未来又会发生怎样的变化。

与楼梯正对面、邻近地质学与矿物学馆的展室，大概算得上整个自然历史博物馆中最吸引人也是享有国际盛誉的部分。这个展室的全称叫"威尔收藏布拉什卡玻璃植物模型"（Ware Collection of Blaschka Glass Models of Plants），俗称"玻璃花"（the Glass Flowers）。进去之后，人们会发现，与矿物宝石展室相比，这里有两个不算太大的长方形展室，每个大约有20平方米。两个长条形的展柜，分别摆放在两个展室的中央，而两个房间的两侧和墙壁，也同样是展柜，里面的玻璃花一览无余。

从该室的全称我们可以知道，所谓玻璃花实际上是由玻璃制作而成的植物模型。据介绍，在这个博物馆珍藏着超过4400件植物模型，展出的部分有3000件左右。如果不是亲眼所见，人们很难想象这些栩栩如生的植物居然是用玻璃制作而成的。说到它们的历史，这里面还真有故事。

玻璃花的制作人是两位德国玻璃制作工艺大师，他们是父子——利奥波德·布拉什卡（Leopold Blaschka）和他的儿子鲁道夫（Rudolph）。他们两个从1886年开始制作，到1936年为止，历时半个世纪，所制作的标本超过830个。

哈佛自然历史博物馆中所展示的"玻璃花"。

他们所以要制作这些玻璃花,是与一位名为乔治·古德尔(George Lincoln Goodale)的哈佛教授有关。古德尔是美国著名的植物学家、哈佛植物学与自然科学教授,他曾创立了哈佛植物博物馆(the Botanical Museum)。在他那个时代,过去使用的植物标本都是较为粗糙的纸模型或者蜡模型,而古德尔希望能够有一些逼真的植物模型用于教学之中。

据介绍,布拉什卡父子是在他们位于德国德累斯顿的霍斯特威茨的工作坊中制作玻璃花的。而为此项事业提供赞助的,是古德尔先前的学生玛丽·威尔(Mary Lee Ware)和她的母亲伊丽莎白·威尔(Elizabeth Ware)。之后,她们将这些艺术品赠给了哈佛大学,用来纪念玛丽的父亲,也是1834年哈佛博士毕业生的查尔斯·威尔(Charles Eliot Ware)——威尔是个视自然之物为友的人。

材料上说,玻璃花是由古德尔教授委托布拉什卡父子所做,但一位美国教授和一对德国父子之间何以产生交集、何以一拍即合地达成这样浩大的工程,威尔的妻女又是如何赞助的,这些成品制作完之后又如何从德国运到美国等等这些令我感兴趣的话题,未在现场见到相关的介绍。很遗憾,我后来在网上也未能查到相关的信息。

但或许这样的信息已经不重要了,因为凡是到这里参观的人们,无不惊异于这些栩栩如生的植物何以用玻璃制作而成。据介绍,这些模型的的确确都是用玻璃制作而成的,但有些内部是用铁丝做支撑。既然是植物类模型,就难免出现既有枝繁叶茂，也有细如发丝；既有花团锦簇，也有残花败柳；既有多姿多彩，也有奇形怪状等等的植物形态。要把形态万千的植物用玻璃做出来，其难度可想而知。但布拉什卡父子真的做到了。据说，花的局部是依靠玻璃加热变软后塑成的，有些形状则需要吹出来。在这里，可以看到各种颜色的花。早些时候，是用普通的颜料涂抹着色的。到了后来，工艺有所发展之后，则是通过涂彩的办法，将熔有颜色玻璃或金属氧化物的液体涂在玻璃花上后加热融合而成。正是有了这些四季如春的玻璃花，哈佛师生再也不用为随季节和气候变化而消失或者再生的植物而发愁了，可以在一年四季的任何时候从事相关研究。但令人感到神奇的是，据相关文献介绍，到今天为止，人们再也无法复制布拉什卡父子这样的工艺技巧了，他们的手艺和艺术成了人们只能瞻仰和表达敬意的永恒之作。

美国几乎所有的博物馆都有研究功能，属于研究型博物馆，哈佛的自然历史博物馆更是如此。她每年吸引了大约20万人次来参观。在这里，人们不但可以看到前沿性的研究成果，更可以见识到当代人所遇到的现实问题。通过近距离的观察、仔细的思考、认真的探讨，人们或许能够改变一些固有的所思所想，也能够更全面地认识与理解这个世界，也才能够更有兴趣与勇气去探索这个世界上的未知领域。

（美国东部时间）2013年7月1日上午11:30～下午3:45 于Cambridge家中

一场引人入胜的长曲棍球赛

众所周知，美国是个体育大国，也是体育强国。但其"大"和"强"的基础，不是注重从小培养职业选手，也不是投入巨资重点建设职业球队，而是致力于发展各级学校中的体育文化。在美国，除了以盈利为目的的"体育大学"之外，人们是找不到专门的"体育大学"的，而在众多高校中，也难见"体育系"的踪影。但不可否认，美国的高校体育是极为发达的，其项目之特长、设施之先进往往是吸引生源的重要因素。而且，很多高校既是当地著名球队的居所，也会在各自的体育场馆举办各种高水平的赛事。

在美国，人们自然不会忘了去看篮球、橄榄球、曲棍球、高尔夫球等等美国人极其热衷的项目。但接触一下并非最热衷的体育运动，或许更有机会体验美国人对体育的那份狂热。

最近，我就和朋友一起在哈佛体育场，观看了一场长曲棍球比赛，给我们留下了深刻印象。

所谓长曲棍球（Lacrosse），与曲棍球相似，使用的工具都是一根长棍，只是长曲棍球的顶端是一个网状的袋子，因此也有人把它译作袋棍球、棍网球或者兜网球等。比赛时，双方运动员手持这个长棍去抢球，并设法将球送进对方的球门。这一团体球类运动据称可以追溯到印第安土著部落时期，到1867年时，该项运动已经开始规范化。虽然历史非常悠久，但在20世纪，这项运动还算不上是主流体育项目。1928年、1932年和1948年时，该项运动曾被列为奥运会的表演项目，已经是其光荣的历史了。到了20世纪的后半期和本世纪的头10年中，这项运动在美国、加拿大与英国为更多的人所接受。长曲棍球的比赛场地比足球场地稍小一点，比赛时，双方各有10人。每场比赛60分钟，15分钟为一局，一场四局。得分多者获胜。若60分钟内双方战平，就举行加时赛，先进球者为胜。

像众多的体育项目一样，长曲棍球也在美国的中小学与大学中，深受师生的欢迎。

当天晚上的比赛开始时间是8点。7点半，我们就来到了哈佛体育场。该体育场是个巨大的U型足球场地，建于1903年，可以容纳三万余名观众。

今天的比赛，算得上是该运动的一场重要比赛了，因为它属于大联盟赛事。所谓"大联盟"（Major League Lacrosse，简称MLL），是男子长曲棍球的职业联盟，目前有八支球队，美国七支，加拿大一支。今天交战的双方，一方是主队——波士顿加农炮队（Boston Cannons），另一方则是来自北卡罗来纳州的夏洛特猎犬队（Charlotte Hounds）。

7点45分，陆续有身着运动服的小朋友进场，他们站在场地一侧，分两排站立，迎接球员。双方球员从他们中间跑过，纷纷与他们击掌。7点55分，进场结束。来时我还在猜测，像这样不是很热门的体育项目，观众应该不多。但到这个时候我发现自己错了。虽然我没有具体的统计数字，但环顾前后左右及不同的分区，满眼所见全都是观众，说成千上万应该不会差到哪里去。

8点钟，比赛正式开始。按照此前在网上所做的一点非常粗浅的了解，我感到今天的比赛应该不会太激烈，因为波士顿队是支老牌球队，且在2011年赢得过联盟杯冠军，而夏洛特队则是在2011年才加入、2012才参加比赛的新球队，双方实力应该悬殊。且在比赛一开始，波士顿队即积极进攻，很快就有所斩获，在第一节的15分钟内，以4:1领先，我也就想当然地认为这场比赛，主队的胜利只是时间问题。然而，没有想到的是，后面的比赛异常地激烈，在看到双方实力相当的同时，让人体验到了长曲棍球这项运动的魅力。

第二节一开始，夏洛特队就发起猛攻，在3分钟之内连得3分，将比赛追成平局，并在接下来的比赛中不时地领先于主队。主队也不示弱，不断将比分扳平。在第二局结束时，主队以9:7领先。第三局，双方越战越勇。主队一度将比分扩大到11:9，但在后半场，客队则再次后来居上，反以12:11领先，结束了本局。第四局开场不到一分钟，主队就先声夺人，把比分追成12平，随后又以13:12领先。但客队毫不示弱，不仅很快将比分追平，且一度反超。双方都在倾全力作战，比分交替上升。到比赛结束时，双方以16:16打成了平手。

比赛随后进入了10分钟加时赛。最先拿到球的客队猛烈进攻，被主队的完美防守瓦解。主队在主场球迷的欢呼声中，以美妙的配合和精确的射门，在2分钟的时候，将球送入了对方的大门。比赛以主队17:16战胜客队而画上了圆满的句号。

比赛所呈现的力与美，自然改变了我过去对这项运动的认识。但我特别想提到的是，从现场发放的手册上可以看到，

在长曲棍球比赛中，波士顿加农炮队正在向夏洛特猎犬队发起进攻。

双方球员全部是大学毕业生，包括最少12位今年刚刚毕业的大学生。以当天上场的球员为例，虽然很遗憾没有哈佛的毕业生，但其中既有来自像普林斯顿、耶鲁大学、布朗大学等"常青藤盟校"这样的综合性院校，也有不少来自小的文理学院。这项活动与这场赛事，实际上可以看成是美国高校体育文化的一个缩影。

  双方球员的比赛引人入胜，同样，双方球迷的对阵也极为有趣。我们所坐的位置是在一方观众席的正中央。看得出来，主队的好几个拥趸就坐在我们的前排，他们身着主队的运动服，比赛中不仅大喊大叫为主队加油助威，而且也主动带领大家不断高喊口号，特别是在球队进球之后，他们更是狂欢。当客队领先、对方球迷欢呼雀跃的时候，他们时而沉默，时而站起来看着对手，还对领头的人大叫：不用喊，最终我们会赢得比赛的！有时候，这几位狂热的球迷看到有人不太"配合"他们的"领导"时，其中还有人指着大伙说：你们花了大价钱买票来观赛却保持沉默，这也叫球迷？！大家对他的回应也只是笑而不语。但这些球迷无疑带动了全场。不仅我和朋友也跟着为主队的进攻和胜利喊得嗓子都有点哑了，就连坐在我们前边一排的一个大概只有五六岁的小男孩，显然是主队的小球迷，看到对方进球、听到对方球迷激动地喊叫后，就转身对着他们小声喊：闭嘴！他的那份认真，让人忍俊不禁。而每当波士顿队进球后，现场的大屏幕上就会出现大炮发射的形象，预示着波士顿这门加农炮又发挥了威力。这是主队在主场所享受的一种特权。

而在比赛的间歇,除了有美女拉拉队出来热舞之外,更有意思的是两个小节目,虽然只有几分钟,但都与小朋友有关,令人印象深刻。第一个小节目是请了两个小朋友来比赛,他们两个从两列美女拉拉队的身边经过,然后各自分别领取球赛的服装,包括上衣、裤子、头套、球棍等,他们要在现场以最短的时间穿戴好,然后看谁最先把球送入球门。第二个小节目也是让两个小朋友比赛,他们需要把头低下来,顶住一根一头放在地上的球棍,然后根据指令,开始低头转圈,10,9,8……1,等到这10秒钟转完,被人喊停后,按照规则,两个小朋友应该拿起球杆,然后找到球并把它送到几米外的球门之中。毫无疑问,在转了10秒之后,他们显然会晕

比赛结束后,一个小朋友和自己的父亲在场外打长曲棍球。

头转向，但见一个小朋友在喊声一停，抬起头就要跑，趔趄着走了不到两步路，就一头栽倒在地上，场上一片笑声。但小家伙毫不含糊，立刻从地上爬起来，抓起球拍找到球，迅速跑向球门，然后把球稳稳地送入了球门。场上响起了一片掌声。像这样不断让孩子们进入到重要的赛事，让他们在感受大赛氛围的同时，更用能够让他们接受的欢乐方式去接触这项运动，无疑是一种把体育深入童心、培养孩子兴趣的智慧之举。

比赛结束时，已经是晚上快 10 点半了。我们走出体育场绕道一侧的大门时，发现那里有很多球迷在等候，走近一看，是有球员出来给大伙签名留念。而就在不远处，我们看到一个大约只有五六岁的小孩儿，站在旁边的灯光处，还在和爸爸玩长曲棍球。我在征询了那位父亲的同意后，在远处给这个可爱的小朋友拍了张照片。

长曲棍球的口号是 Lacrosse makes friends（长曲棍球，以球会友）。如果一项运动能够与孩子们为友，那么，它就能够赢得未来，而孩子们所得到的，却是拥抱生活、经历成长——这，或许应该成为体育的使命之一吧。

（美国东部时间）2013 年 7 月 6 日初稿
7 月 9 日修改于 Cambridge 家中

明星教授的演讲

哈佛的师资队伍中，可谓名家辈出、群英荟萃，在各自的领域中都享有盛名。但如果有人问，谁在当今世界上最有名？那无疑是肯尼迪政府学院的教授——迈克尔·桑德尔（Michael Sandel）。没错，他就是那位因为其"公正"（Justice）课程被放在网络上而红极一时，从而为世人所知、在中国同样声名远扬的哈佛"明星"教授。

在到哈佛之前，我就期盼着去旁听桑德尔教授最为人称道的"公正"（Justice）的本科生课程，但来后查询课程安排才很遗憾地发现，他本学期没有课。不久，我高兴地看到预告说他将在2月初在法学院有讲座。对此，我和大多数人一样充满了期待。

2月7日下午5点，我赶到法学院的奥斯汀大楼（Austin Hall），上到二楼的埃姆斯法庭教室（Ames Courtroom）时，发现足以坐下数千人的教室，已经差不多坐满了人。到讲座开始时，教室已经是座无虚席了，很多后来者都站在过道的两旁和大厅的后面。

大约5点40分，主持人开始讲话并简要介绍了桑德尔教授。

现年60岁的桑德尔教授，是美国著名的政治哲学家。出生于明尼苏达州明尼阿波利斯的他，1975年以优等生毕业于布兰代斯大学（Brandeis University）。他获得了著名的罗德奖学金（Rhodes Scholarship），赴英国牛津大学学习，于1981年获得博士学位。此后他就一直在哈佛任教，迄今已有30多年了。大概在2010年前后，他因在哈佛的本科生课程"公正"在网上热播受到网民的狂热追捧而名扬全世界。实际上，他最早在学界出名，源于他的第一部著作《自由主义与公正的界限》（*Liberalism and the Limits of Justice*）中对美国思想家、哈佛教授约翰·罗尔斯（John Rawls）《正义论》（*A Theory of Justice*）的批评。而且，早在2002年，他就当选为美国艺术与科学院院士。迄今为止，桑德尔的作品已经被翻译成20多种外国文字。这对一位当代学者来说，无疑是极为难得的。

当然，今天，桑德尔没有讲"公正"。他讲座的题目是《像一位经济学家那样思维的危害性》（*The Perils of Thinking as an Economist*）。这个题目与桑德尔去年4月份所出版的《金钱不能买什么：市场的道德边界》（*What Money Can't Buy: the Moral Limits of Markets*）一书有关。

在他这部最新的著作中，桑德尔同样提出了很多现实的问题。比如：父母该不该用付费的方式，让孩子好好读书或是让他们有个好成绩？公司在交了赔付款之后，是不是就可以污染环境？用支付报酬的方式让人试用带有危险性的新药或者让人捐献人体器官，这道德吗？诸如此类的问题还有：可以采用雇佣军的方式去替我们打仗吗？可以采用拍卖的方式进入一流大学吗？能向移民出售公民身份，谁买得起就卖给谁吗？

在此基础上，桑德尔教授提出了我们这个时代所存在的一个最大的伦理问题：在一个一切皆可出售的世界中，是不是哪里出了问题呢？如果回答是肯定的，那么，我们怎样才能避免市场价值侵入到他们不该占有一席之地的生活的方方面面呢？换句话说，市场的边界究竟有多大？

在讲座开始后，桑德尔就提出，像这样一种经济模式的思维方式本身是错误的。尽管有人认为，采用经济模式去思维只是去解释而不是去评判，但谁也无法否认它本身存在着严重的道德问题。

为此，他提出了自己的问题：在我们的社会中，是不是有些东西，是金钱所不能购买的呢？他的回答：是的，有些东西确实是不能用金钱来购买的。比如友谊。当然，他也提出，人们可以在脸谱（facebook）上购买朋友数，但这与我们日常生活中的友谊不一样。再比如，诺贝尔奖，这也难以购买。如果诺贝尔奖委员会每年除了正常的评奖之外，再拿出一个奖来拍卖，那这个奖，一定不再附有原来奖项所有的那种意义和价值。

接着他提出,有些东西虽然可以买得到,但不应该去买卖。比如:人体器官,婚礼上的祝酒词,大学中的荣誉学位,一流大学的入学资格等等。他认为,人们所以反对上述买卖,是因为它们事关公平与否、事关腐败与否。而这,其实指向的就是一个道德理想的问题。

应该说,桑德尔不是无缘无故地提出这样的问题,实在是因为市场价值在当今世界已经无处不在、无孔不入,甚至可以说是在方方面面都严重地侵袭了原本与市场无关的人的价值观念,包括在政府、教育、医疗、法律、艺术、体育乃至家庭生活与私人关系等等方面,莫不如是。实际上,他认为,我们今天的社会已经完全被经济观念"殖民化"了。我们都被市场所束缚,凡事皆想用经济观念来作答。这实际上是一种经济的思维模式,也彰显了看待世界的一种山穷水尽的方式。

桑德尔说,我们已经从"拥有"一个市场经济,过渡到了"身处"一个市场社会之中。他质问道:难道这就是我们所想要的结果吗?在这样的具体问题之下,桑德尔认为,我们更应该去思考的大问题是:在一个民主化的社会中,市场的正当角色究竟是什么?如何才能保护道德与市民之所有不为市场所动,也不能为金钱所购买?

桑德尔的结论是,市场价值不能取代我们的道德评判,而像经济学家那样的思维方式,应该改变。

其实,桑德尔的思想并非空穴来风,而是一以贯之。从20世纪80年代以来,他一直都在思考公众哲学的问题。1982年,他出版了著作《自由主义与公正的界限》。1998年,他出版了《民主的不满》(*Democracy's Discontent: America in Search of a Public Philosophy*),继续探讨公众哲学问题。2006年,他在自己的论文集《公众哲学》(*Public Philosophy*)中,探讨了美国政治生活中的道德与公正的角色问题,也对美国的选举制度中的道德观与公民社群问题——这在2004年的美国大选阶段与现行的政治中一直都是热点话题——发表了个人的看法。他的红极一时的《公正》一书,出版于2009年,其中所涉及的很多现实问题都使人深思,例:如果你的小孩离了毒品就不能活,那么,你会不会把毒品从他的身边偷走?说出事实和真相,是不是也有犯错的时候?一个人的生命/生活价值几许?而《金钱不能买什么》一书更是把矛头直指市场社会。该书一出版,即在美国引起了极大的轰动。在出版的当年,就被《外交政策》杂志评为必读书目。

应该说,桑德尔所以闻名遐迩,与当代的电脑技术与网络化社会不无关系。他的"公正"课程,在哈佛已经讲了20年,虽然有超过1.5万名学生选修该课,使之成为哈佛历史上选修人数最多的课程之一,但该课程的影响力还是在校园之内。直到2005年秋季,"公正"的课程被现场录像,然后被哈佛远程教育学院放在网络上供学生观看,才被更多的人所了解。此后,该课程被波士顿公共电视台(WGBH)和哈佛大学制作成了12集短片，以桑德尔的同名著作"公正：怎样做才算正确？"为题，放在网络上，成为哈佛大学的第一门免费网络课程。从此，桑德尔这个名字就为世界各国的学子及网民所熟知。

当然，桑德尔及其课程的走红，更应该归功于他所采用的用问题使学生介入的教学模式——这也被人们认为是他沿用了苏格拉底式的对话教学方式——而且在此基础上，桑德尔也以自己独特之方式与学生展开了对话和讨论，使其教学内容在瞬间即可进入到一个深层次的平台之上。作为政治学教授，桑德尔把高深的学问、似乎只有政治家与学者才去探讨的话题，引入到公众与学生的视野中来，并且把它们带入到公众与学生的现实生活中去。但仔细想来，他所探讨的很多问题，都绝不仅仅是学术问题，而是与现实生活密切相关的、每个人都应该思考的问题。在去年4月份，他应邀到伦敦经济学院做演讲。在演讲中，他就与观众探讨了诸如：高校是否应该给予贫穷家庭背景的学生更多的照顾，护士是否应该获得比银行家还要高的报酬，用贿赂的方式使人健康是否正确等等现实问题。该讲座后来被英国BBC制作成三期节目，以"迈克尔·桑德尔：大众哲学家"为题，在网上播放，网民趋之若鹜。

由此可见，桑德尔不仅是位优秀的思想家、哲学家、学者，同样还是位极其出色的教师。但桑德尔本人非常谦虚，在多次接受采访时称，自己的公开课所以受到欢迎不是因为他本人，而是因为大家对那些问题本身感兴趣。毋庸置疑的是，桑德尔绝对是一个思维活跃、反应机敏的教师，而且他更像一位军队的指挥官，游刃有余地掌控着整个局面。从网上我们就可以清楚地看到，上千学生在哈佛历史悠久的桑德斯剧场中，在桑德尔教授种种犀利的现实问题与道德困境的"逼迫"下，既听他讲，也共同思考公正、平等、民主与公民身份等问题。正如伦敦《观察家》所说，疑难案件总是会出台一些糟糕的法律条文，但在桑德尔的手中，它们却变成了某种出色的哲学。2008年，桑德尔获得了美国政治科学学会颁发的优秀教学奖，就是对他出众的教学水平的高度评价。

桑德尔把自己称为"务实的哲学家"（practical philosopher）。他所提出的理论问题以及解决方案都带有现实性与务实的态度。他本人同意将自己的讲座免费放在网络上，同时还积极参与到一些公司开发的免费或者收费低廉的网络视频课程之中，这本身可以看作冲破经济束缚之举。另外，桑德尔本人也积极参与到现实生活的政治活动之中。在小布什政府时期，他就曾担任"总统生命伦理委员会"（President's Council on Bioethics）的委员，而且还是美国外交关系委员会的委员（Council on Foreign Relations）。

近年来，桑德尔的足迹几乎遍布全世界。从巴黎到伦敦，从北京到新德里，人们都能看到他的身影。值得一提的是，从2007年以来，桑德尔数次访问中国，并且把中国的问题引入到自己的著作与教学当中。比如他在中国时，发现了无论是在医院，还是在中国的春节期间的火车站，都存在着倒票的黄牛党，且极为猖獗。他为此提出了问题：像这样出高价购买专家号和火车票，应不应该？用高于实际价值的价格购买这些票，虽然有利于自己（比如节约了自己的时间），但是否损害了那些排队购买者的利益，同时也破坏了公平的交易规则呢？像这样把世界各地的现实问题、政治活动及其政治话语随时纳入到自己的课堂与讲座中，实在是桑德尔教学优于他人、高于他人之处。因此，也难怪在2010年，"因'公开课'而誉满全球的哈佛教授桑德尔，今年在中国学子中赢得千千万万的粉丝"，使得桑德尔被《中国新闻周刊》评为中国"2010影响力人物"之海外人物。

在今天的演讲中，桑德尔并没有采用自己惯用的提问的方式开讲，在从5点45分开始，到6点25分左右演讲完毕的这大约半个小时中，他也没有与听众互动。但在他讲完之后，他又用了大概45分钟时间，在回答听众提问的基础上，又进一步阐述了个人观点，这给人留下了深刻的印象。

当然，桑德尔的观点并不为所有人所接受，尤其是其最新著作中对市场价值及经济方式的严厉批评，更是遭到了经济学家的强烈反弹。甚至有经济学家提出，桑德尔过于傲慢，自己以为知道所有经济学家都是怎样思考问题的。对此，在讲座现场，也有人提出了异议。但桑德尔认为，每个人都是通过个人的棱镜看问题的，所有他提出的那些问题，大

桑德尔教授在讲座结束后回答听众提问。

家都可以自由地加以深入讨论。

我倒以为,桑德尔及其著述的重要性,不在于给出答案,而在于提出问题。当承认我们已经进入到一个市场社会之中时,他所提出的那些问题,就随时可能发生在我们每个人的生活当中,如何看待,如何处置,确实会展露我们的道德价值观与我们的底线。

2月初,正值新英格兰地区最为寒冷的季节。但在法学院这间宽敞明亮的模拟法庭教室里,人们忘记了窗外的寒冬,都在热烈地讨论着桑德尔提出的种种问题。

这位被认为有可能是美国历史上最有名的大学教授、世界最有名的哲学教师的魅力,即便是在哈佛,也一样星光闪耀。

(美国东部时间)2013年2月初稿
7月2~3日修改,7月15日晚上定稿于Cambridge家中

拜访当代美国黑人文化的先驱

我到哈佛不久,美国加州大学洛杉矶分校的著名学者张敬珏教授就在给我的信中说,如果见到了盖茨(Henry Louis Gates, Jr.)教授请代为问好,并非常友好地从中牵线搭桥,给盖茨教授写了邮件。盖茨教授很快回复说,很愿意与我见面,并说明了时间与地点。

任何一所高校,都有著名教授。高校大都会把最高的荣誉授予这些著名教授,以表彰他们为高等教育所做出的杰出贡献。在美国,包括哈佛大学在内的不少高校所设立的最高荣誉是"校级教授"(University Professor)。据哈佛称,"校级教授"主要用来表彰那些在跨学科研究中做出了突破性贡献的重大学术贡献者。自1935年设立此项荣誉到2006年的71年间,仅有21位教授获得金榜题名。而从2006年到现在的近7年间,由于学校获得了更多的捐赠基金,对校级教授的授予人数有所增加,也才增加了3位。也就是说,到现在为止,哈佛的"校级教授"不过24位,由此可见获得此项最高荣誉之难。而盖茨教授，就属于这为数不多的"校级教授"中的一员。

在我到哈佛最初的两个半月的时间中，我曾两度前去拜访盖茨教授并与他交流。2月25日下午大概2点多，我第一次到盖茨教授现在主要的工作所在地——位于哈佛广场（Harvard Square）的Mt. Auburn大街104号，那是一座带有哈佛传统深红色的小楼，虽然和其他大楼连在一起，但单门进出相对独立。上到3楼的后楼，电梯门一打开，就是由盖茨教授担任院长的"哈佛大学W.E.B.杜波依斯非洲与非裔美国研究院"（W. E. B. Du Bois Institute for African and African American Research）。

盖茨教授非常热情，关切地问我在哈佛的情况怎么样，有无需要帮助的地方。听说我从北京来，他立刻说自己曾经在2010年到北京外国语大学讲过学，因为新书发布仪式的缘故，北外为他做了一个大大的海报。那个海报现在就放在研究院的图书室当中，说着就从宽大的办公桌后面站起来带我去参观。

等他站起来时，我才注意到，他手拿一根拐杖，步履有些蹒跚。我这才想起来，据之前所看到的一些材料介绍，他在14岁的时候，由于在玩耍触身式橄榄球（属于美式橄榄球的一个变种）时不慎伤及臀部而致使骨骺滑脱，受伤后不幸被误诊，虽然后来治愈了，但导致他终身残疾，右腿比左腿短了2英寸，因此，需要借助拐杖才能走路。

与盖茨先生（右）合影。

身体的残疾并未能阻止盖茨在求学道路上一马当先，而他的求学历程本身就是一曲励志之歌。1968年盖茨18岁从中学毕业，随后上了西弗吉尼亚的波托马克州立学院（Potomac State College），一年以后转入耶鲁大学读书，于1973年以优异成绩获得了文学学士学位。随后他赴英国剑桥大学求学，于1979年获得了英国文学专业的博士学位，成为该校有史以来第一位获得博士学位的非裔美国人。

随后，盖茨分别在耶鲁大学、康奈尔大学、杜克大学任教。1991年他到哈佛大学任教，并从此担任非洲与非裔美国研究院的院长，迄今已经22年了。在此期间，他还曾担任哈佛大学非洲与非裔美国研究学系的系主任。

盖茨教授跟我边走边聊，介绍研究院墙壁上的一些艺术作品。在图书室内，我见到了那张大海报，最上方是大大的中文字样"非裔美国文学研讨会暨盖茨著作中译本发布会邀请函"，左侧上部是盖茨教授的头像，右侧则是邀请函的内容。其实，那次会议我也接到了邀请，也曾想参加，但后来由于有其他的事情而未能与会，错过了当时与盖茨教授认识的机会，很是遗憾。

回到盖茨教授的办公室后，我们又聊了一会儿，盖茨教授就请研究院的执行院长伍尔夫女士（Abby Wolf）带我参观整个研究院的上下三层楼。巧合的是，伍尔夫女士是哈佛英语系的毕业生，且是做英国古典文学研究的，听说我来自英语系后很是高兴。她花了大约20分钟的时间，与我边走边谈，使我对盖茨教授以及研究院有了更深入的了解。

作为一名学者和文学批评家，盖茨教授的首要贡献还是在文学研究领域，特别是在非裔美国文学方面。在文学批评方面，他充分利用了当代流行的理论如结构主义、解构主义、符号学、文本分析、身份政治等，把他们与非裔美国文学传统结合起来研究，既拓展了西方文学经典的范畴，也发展了新的文学解读方式。

盖茨教授主编的《诺顿非裔美国文学选读(1996)》在学术界有很大影响。他最重要的著作是《能指的猴：非裔美国文学批评理论》(*The Signifying Monkey: A Theory of Afro-American Literary Criticism*, 1988)，该书在出版后的第二年，即1989年获得了全美图书奖。虽然盖茨教授编有"非裔美国文学选读"，但他在书中所表达的一个重要观点却是他并不提倡有一个"分而治之的"（separatist）黑人文学经典，换句话说，他不主张有一个单独的或说独立的黑人文学，而是强调把黑人文学融入到一个更大、更多元的经典之中。他不仅如此主张，也致力于这方面的研究与实践。他在肯定西方传统价值的同时，更主张文学经典应该更具包容性、多元化，强调其间共同的文化关系。

他认为，一个分而治之的、以黑人或者非裔为中心的教育，实际上同样带有种族歧视的色彩。他公开表示说，那些认为只有黑人才能成为研究非洲与非裔美国文学领域的学者的这一说法是"荒谬可笑的"。他认为，如果只有黑人才能研究黑人文学，那么这就与一个人说"我欣赏不了莎士比亚，因为我不是盎格鲁撒克逊人"一样荒诞不经。

看看陪我参观的这位白人女性执行院长，想到在研究院碰到的一些白人管理者与研究人员，我大体上明白了盖茨教授是如何将自己的学术思想与理念贯穿到现实与实践之中的。

盖茨的影响力绝不仅仅是在大学，而是在整个美国社会。说他是继20世纪上半叶最有影响力的黑人知识分子杜波依斯（William Edward Burghardt Du Bois）与著名的美国民权运动领袖马丁·路德·金之后最伟大的美国黑人学者，一点都不过分。

作为美国当代黑人公共知识分子，他不仅在黑人文学及其研究领域中是代言人,他还是整个黑人文化以及黑人社会的杰出代表,致力于为非裔美国人争取在社会上以及教育上的平等权利。他的文章主要刊登在包括《纽约人》、《纽约时报》等美国主要媒体上。

在我看来,盖茨大概是美国最先充分利用现代媒体与现代技术传播知识与思想并从事学术研究,同时也是利用得最好、取得成就最突出的学者了。从以下几个方面我们可以看得出来。

他主持了好几档美国公共广播公司(PBS)的电视系列节目,著名的有《非洲世界奇观》(*Wonders of the African World*)等。就在去年,即2012年,PBS还播放了由他主持的一档电视系列片,名为《发现你的根——与盖茨面对面》(*Finding Your Roots with Henry Louis Gates, Jr.*)。

在当今网络化的时代,盖茨创办了一个学术网站(TheRoot.com),这实际上是一本网络杂志,主要探讨非裔美国社会的问题,特别强调从非裔美国人的角度看待问题。目前,这个网站已经成为非裔美国研究以及非洲学研究领域的第一个综合性的学术网络资源库。

但我以为,盖茨教授最值得称道的成就,其实还是他充分利用谱系学以及现代DNA测试技术,追溯一系列非裔美国人血统来源所做的学术研究。这一研究就反映在他所主持(并担任联合制片人)的两集纪录片《非裔美国人的生命之源》(*African American Lives*, 2006, 2008)之中。在现实生活中，盖茨教授自己主动做DNA检测，为此提供了自己的基因图谱。后来经检测发现，他自己有超过50%的欧洲血统，属于是白黑混血儿的后代。在影片中，他与那些参与检测的学者探讨了他们复杂的血缘关系问题。在这两部影片当中，他发现了许多非裔美国人的遗传与历史纵横交错的事实。盖茨曾说，做这些谱系系列作品带给了他莫大的快乐。

2010年拍摄的《美国的脸面》(*Faces of America*)是由四部分组成的系列片，主要考察了12位有着多种血缘关系的北美名人的谱系，其中既有美国著名女作家厄德里克(Louise Erdrich)，也有出生于法国的华裔美国音乐家马友友等。在这些片子中，当很多人了解到自己的祖先时，特别是了解到自己的身为奴隶的祖先时，大都情不自禁地泪流满面……

2012年11月9日，盖茨在接受《多元：高等教育问题研究》(*Diverse: Issues in Higher Education*)记者采访时，是如此解释他使用谱系学以及DNA技术进行研究的原因："对美国来说，要想继续向前探讨种族的复杂性，唯一的办法也是最好的办法，就是通过谱系学与基因学。我认为，这将使我们对美国历史的理解发生革命性的变化，也会让我们的种族观念发生根本的变化——我们会意识到：根本就没有纯粹可言。从人类文明伊始，无论其习俗与法则如何变化……人们都是混合的后代，我们全都是那些各式各样复杂原因的产物。"

这种利用当代技术革命的手段进行人文学科的研究，无论是证实了前人已有的学术推测，还是开拓了现有人们认识的思路，抑或推动了当代研究的手段与方法，都无疑彰显了盖茨对学术研究所做出的重大贡献。

作为21世纪最有影响力的黑人知识分子，盖茨教授可谓名扬天下。无论是在网上查看盖茨教授的资料，还是在任何一本有关盖茨教授的介绍的书中，人们都很容易发现，这位头顶众多光环的学者不愧为美国当代著名的文学批评家、教育家、学者、作家及公共知识分子。迄今为止，盖茨教授获得了来自世界各地的51个荣誉学位。这些学位大都来自国内外的著名高校如宾夕法尼亚大学、达特茅斯学院、纽约大学、多伦多大学等。另外，他还是很多机构的董事会成员，包括纽约公共图书馆、惠特尼博物馆、林肯中心剧院等。他还得到过无数的荣誉称号，如1981年的麦克阿瑟基金会授予的"天才奖"（Genius Award），2008年象征着公共广播最高荣誉的拉尔夫·洛威尔奖（Ralph Lowell Award）。1997年，他被《时代》周刊列为"25位最有影响力的美国人"之一。1998年，他荣获美国国家人文奖章（National Humanities Medal）。1999年，他当选美国艺术与文学研究院院士。他还是美国外交关系委员会的委员。

2002年，他被邀请到华盛顿去做杰佛逊讲座。杰佛逊讲座于1972年由美国"国家人文基金会"（简称NEH）所设立，代表着美国政府所授予的一种最高荣誉，主要表彰在人文学科领域做出杰出贡献的知识分子。

当时，也就是盖茨华盛顿做演讲的时候，NEH基金会主席科勒（Bruce Cole）先生曾询问他如何描述自己时，盖茨说："我想说我是一个文学批评家……此外我想说我是一位教师。这两者同等重要。"盖茨无疑将作为继杜波依斯、马丁·路德·金之后又一位伟大的黑人知识分子而被载入史册。但无论拥有多大的社会名气，无论头顶多少光环，盖茨还是把自己描述为一位校园之内的学者和教师。

或许，正是由于有着盖茨这样的学者和教师，才成就了今日辉煌的哈佛大学。

（美国东部时间）2013年2月初稿

哈佛的百岁教授

在美国，很多高校的教授退休与否，完全取决于个人的意愿或者身体。换句话说，只要个人愿意，其身体许可，一位教授可以工作到 70 岁、80 岁，甚至更长久。也因此，在美国的大学中，人们总是能够见到白发苍苍但精神矍铄的上了年纪的教授，依旧站在讲台上传道授业。这种现象，在哈佛也不例外。在英语系，要说最年长的教授，那无疑是传奇般的人物——百岁教授丹尼尔·埃隆（Daniel Aaron）。

说起这位世纪老人，不能不提香港城市大学的著名学者张隆溪教授。在知道我即将要到哈佛来之前，早年博士毕业于哈佛的张教授在给我的电子邮件中说，等到了哈佛，你一定要去拜访埃隆教授——那是哈佛的一位传奇人物，应该去向他表示敬意。他虽然年过一百，但仍然在工作。张教授说，埃隆教授是他在哈佛时的良师益友。

自然，埃隆教授无疑是我想要拜访的学者之一。但我没有想到，这个时机来得这么巧。

说到机缘巧合，我还得提一个人——吉什·任（Gish Jen）女士，她是一位有中国血统的美国著名女作家、美国艺术与科学院院士。她早年毕业于哈佛大学，后从事文学创作，其作品数度入选年度美国最佳小说。

在我2月28日与她的邮件联系中，她告诉我第二天自己在美国艺术与科学院有个讲座，在征求该院意见后，美国艺术与科学院也邀请我参加。于是，我们约好了，第二天即3月1日上午，在哈佛英语系巴克中心（Barker Center）大楼后面的小停车场见面，她开车来接埃隆教授和我一同前往。

就这样，在我还未正式去拜访埃隆教授之前，却有了一次难得的与这位百岁老人近距离接触的机会。

走在已经进入3月、略有几分春意的剑桥大街上，我头脑中闪现的是由文字组成的一位名教授形象。埃隆，一位作家和学者，出生于1912年8月4日，到今年，已经101岁了。他早年毕业于密歇根大学（University of Michigan），之后进入哈佛大学的研究生院。在1933年初次到哈佛之后的几年间，他曾经批改过当时还是本科、后来成为美国总统肯尼迪的英文作业。1937年，埃隆教授获得了哈佛大学的第一个美国文明（American Civilization）专业的博士学位。

从哈佛毕业之后，他到了同在麻省的一所著名的文理学院，也是美国著名的女子学院——史密斯学院任教，在这里一教就是30年。在他任教期间，从史密斯学院走出来的优秀女性众多，包括后来的里根夫人（Nancy Reagan），著名女作家与女权主义者弗里丹（Betty Friedan）、著名女作家普拉斯（Sylvia Plath）和著名女作家、女权主义者斯坦内（Gloria Steinem）等。

1971年，埃隆转到哈佛任教，在英文系工作，其研究领域包括美国文艺复兴、美国内战以及美国的进步作家等。1983年正式退休。据说，时任哈佛校长说：只要埃隆教授在世，哈佛就会为他留一间办公室。因此，他迄今还是哈佛大学英美文学荣誉教授。在英文系的所在地巴克中心大楼，也依然有他一间办公室。

从家到中心，不过几分钟的路程。我在11时25分到达小停车场。11时30分——正是我们约定的时间，站在马路对面的我，看到通向巴克中心大楼的后门慢慢地被从里面拉开了，随后，看到从里面走出一位推着老人使用的手推车的老人。出来之后，他扶着手推车站在了那里，向外仰望着。

他看上去顶多不过七八十岁的样子，身着一件泛白的米黄色的风衣，里面是正式的西服。虽然已经进入了3月份，但波士顿的天气，依旧还是带有寒意。他就那样站着等候。我想，他应该就是埃隆教授了。

我走过去打招呼：请问您是埃隆教授吗？

他说是的。

我说我是吉什·任的朋友，也要一同去参加会议的。

他听说我来自中国后，立刻问我：我正在看一本书，作者叫XXX，是位中国学者，你可认识？那是位知名学者，也是位良师益友。我们针对这个学者及其著作聊了起来。

正聊得起劲，吉什·任女士驾车过来，停在我们身边。

下车后，大家互相问候。说话间，旁边一个中年美国人走过来跟埃隆教授打招呼，先自我介绍，然后说自己的女儿在哈佛，对他非常崇拜，自己也非常尊敬他，希望将来能跟他聊聊。他问：您有电子邮箱吗？埃隆教授回答说，我没有电子邮箱。但你可以随时到我办公室来。

那人说好的，特意走近来拉了拉埃隆教授的手以示敬意。这温馨的一幕，让我看到了人们对埃隆教授的敬意。

吉什照顾埃隆教授，慢慢坐在了副驾驶的位置上。我把手推车推到车后，然后把它折起放在车上。

上车后，吉什·任问，看你们聊得很热闹，有什么共同的话题吗？

还未等我接话，埃隆教授说道，我们在谈一位学者。但他没有就这个话题说下去，而是接着问我：是否认识另外一个人？很遗憾，我不太认识。他就开始讲这位学者的情况。

埃隆教授在讲述的时候，我的思想开了小差。想到这位令人敬仰的百岁老人，在我还是个乳臭未干的孩子的时候，他已经是美国艺术与科学院院士了，而在我刚刚上大学的时候，他已经从哈佛大学的教职上光荣退休，但他却退而不休，一直在不断地工作，不禁令我十分感慨。

埃隆教授是研究美国诗人茵曼（Arthur Crew Inman）的专家，编辑了诗人从1919~1963年长达1700万字的日记。

埃隆教授在文学批评方面的代表作为《左翼作家》(*Writers on the Left*)，这是一本深入研究美国文学左派思想及其作家的作品。评论家欧文·豪(Irving Howe)在评论中说，虽然埃隆教授并不认同这些作家的观点，但他却从不因为观点的不同而弃之不顾，因为他很清楚，这些作家深为关切的是人类的痛苦。我倒认为，与其说埃隆教授是以其博学与热情对这些有争议的作家做了客观的分析和探讨，倒不如说，在20世纪五六十年代的美国那样一个极为特殊的历史时期去研究那些红色作家，更多表现出的是一位学者的勇气和深远的学术视野。该书在当时轰动一时，还占据了《纽约时报》评论的排行榜。后来，该书连续再版13次，成为一部经典之作。除此之外，埃隆教授还一直是《纽约书评》的撰稿人。

正是由于他为学术所做出的巨大贡献，在1973年当选美国艺术与科学院的院士后，于1977年当选为美国艺术与文学院院士。

出乎我的意料，不过10分钟的时间，我们就到了美国艺术与科学院。这座在美国学术界享有盛誉的机构，离哈佛很近很近。车开进去，是一个安静的院落。

讲座的地点安排在一楼一个圆桌形的会议室。吉什·任作为主讲嘉宾，与过来的人在寒暄问候。埃隆教授坐在那里跟我继续聊天。

他问我：你知道钱锺书吗？最开始的时候，我没有听清楚他的发音（外国人发中国人的名字，总是如此），不知道他说的是谁。后来，他又说，在中国社会科学院工作，还写小说，写评论，在中国很有名。我突然知道他说的是谁了。我说：哦，知道了，您说的是钱锺书。他笑笑说：对，就是他。我在北京的时候见过他。正说话间，一位前来参会的哈佛教授过来，同样也是位老教授，过来跟他打招呼，然后两位老友聊了起来，不时还哈哈大笑。

望着眼前这位亲切和蔼的老人，我在想，如果没有被告知，或许大家都不会把他与一位美国大名鼎鼎的学者联系在一起。

埃隆教授最为人称道的贡献之一，是在1979年帮助创建了名为"美国文库"（Library of America）、主要出版经典的美国文学作品的出版社。迄今为止，这一"文库"已经出版了200多卷的美国文学经典之作，被学界普遍认为是美国经典作品的权威版本。从那个时候到1985年，他一直担任该文库的主席和董事会成员，到目前为止，也还是董事会的荣誉成员。而且，在2007年，他还出版了《研究美国的学者》（*The Americanist*）一书。

2010年，埃隆教授荣获美国人文勋章（National Humanities Medalist），这项美国的最高荣誉表彰了他对美国文学与文化所做出的杰出贡献。颁奖词说："作为美国文库的发起人，他以权威版本的方式，出版了美国最重要的文学作品，从而帮助我们保留了这个国家的传统。"

演讲大厅中，人们陆续到齐。吉什·任的演讲开始了。

她在讲东西方差异，主要谈中国，也介绍自己在哈佛大学出版社出版的新书。讲座很精彩，讨论很热烈。篇幅所限，请容我有机会向大家专文做一介绍。

但我特别注意到，坐在我身边听讲的这位百岁老人，在讲座的过程中，始终精神抖擞，认真聆听。虽然他没有提问和讲话，但他专注的神情，我不会忘记。

精彩总是显得短暂。仿佛在恍惚之间，讲座以及讨论就结束了。大家在自由交流。这个时候，坐在我身边的埃隆教授又饶有兴趣地跟我聊天。他问我：中国有畅销书吗？它们是如何变为畅销书的？靠广告吗？你看不看中国的当代作品？如果看，你获取它们的渠道是什么？作品那么多，如何知道哪些作品应该读、哪些作品不值得读？中国有没有非常重要的批评家，他/她推荐的书目会成为畅销书吗？

可惜，时间真的是一晃就过去了。大厅里已经差不多只剩下我们几个人了。我们同来的三个人，请人为我们照了一张颇具纪念意义的照片。然后，我们慢慢地往外走。

在路上，埃隆教授跟我说，欢迎你到我办公室来找我，我有很多东西要给你看看。我问他，我怎么才能找到您。他说：我写给你吧。说着，他就在旁边的沙发上缓缓坐下。我拿出自己的笔记本，递上一支笔，他在上面写下了自己的地址和电话。

看到他如此认真地在书写，我在旁边掏出相机为他拍了一张照片。

埃隆教授在美国艺术与科学院为我写下地址和电话。

吉什·任女士把我们两个送到巴克中心。由于是单行道，车不得不停到中心的对面。下车之后，吉什嘱咐我，把老人送过马路。我照做了，在过马路的时候，扶了他一把，但老头扭头对我说："你不用扶我。我每天都路过这里的。"我笑笑说：只是跟您一起过马路而已。

过了马路，他对我说：回头来找我。

我说一定，挥挥手，走在回家的路上。

仿佛是在瞬间我才有一种感觉，一位百岁老人，他思路清楚、反应敏捷、口齿伶俐（对这样一位老人来说，这么说一点都不过分），关键是，他一点也没有给人他是百岁老人的印象。如果单看外貌,他也不过七八十岁老人的模样,但在交谈中你会发现,他连七八十岁的老人也不像!有时候,聊到一个人名,他想不起来了,会仰起头、咂吧一下嘴说,哎呀,我怎么想不起来了,然后静默几秒钟,接着往下说。他说话的时候,神态安详自然,但思维敏捷。谈着谈着,让你进入到了一种学术的对话当中,早已忘记了他是位老人,更不要说是位百岁老人了!

2012年,在埃隆教授100岁生日到来之际,哈佛的校报《哈佛深红色》(*Harvard Crimson*)专门为他做了篇报道说,这位百岁老人,创造了很多奇迹。全球百岁老人大约有50万,但其中只有一位是哈佛的教授。而就是这位老人,他从1929年至今,一直笔耕不辍。

回头望去,隐约还能看到他的侧影,虽然推着手推车显得步履蹒跚,但他的脚步又是那样坚定而有力。

埃隆教授,就是哈佛的脊梁。

(美国东部时间)2013年3月初稿

"鸟叔"在哈佛

在全球化时代传播速度近乎同步的今天,大概没有什么新闻事件或者新闻人物不在一夜之间被人所熟知。而有趣的是,很多短期内一举成名的人,甚至连他们自己都搞不清楚自己怎么在突然间就为世界所知了。

要举一个最为独特的例子,那无疑是被中国人称为"鸟叔"的韩国歌星——朴载相(Park Jae-sang)了。这位集作曲家、说唱歌手、舞蹈家、音乐制作人与电视明星于一体的歌星,在2012年7月,因一曲《江南Style》,在短短一个月的时间之内,他的名字及其歌曲就传遍了全世界,他也因此成为世人所知的世界名人。

今年的5月9日,这位由网络而起的明星,受到了哈佛韩国研究院的邀请,来到哈佛做了一场对话式演讲。现场演讲由韩国历史学教授埃克特(Carter Eckert)主持,同时,哈佛在线直播。

此次演讲名为《与"鸟叔"对话》,安排在哈佛著名的纪念教堂举行。埃克特教授在开始时,将此次演讲与1838年爱默生著名的《超验主义》演讲相提并论。而讲评人则将"江南Style"放在了亚洲国家正在输出各自的文化的语境下来分析,认为亚洲各国文化都正在对西方产生影响。

介绍完毕,当"鸟叔"带着他那标志性的墨镜进入会场时,人们的欢呼声响起,他不时地与两边的观众握手,然后走上讲台。

"鸟叔"在演讲的开头说,这是他第一次来哈佛。他为自己能够到哈佛这样的常青藤盟校来演讲而感到有些不可思议。他说,自己当年在波士顿读书的时候,曾经路过这里,别人告诉他,这就是哈佛,他说自己的反应是:哦,这就是

该图选自哈佛网站。

哈佛。他远远地观望了一番这所世界知名的学府,但并没有像很多人那样,怀着敬仰的心情进来看看。所以,当他今天应邀来到哈佛的时候,他发问道:"生活太美好了,不是吗?"

他回顾自己在美求学四年时间时,笑称自己学业很失败。说自己的绰号叫"WWF",这是三个英文单词的第一个字母,即:退学、退学与失败。

"鸟叔"从小学起,就算不得是好学生。中学阶段的他,在15岁的时候开始喜欢上了外国流行音乐,从此激发了他对音乐的热爱和潜能。1996年,他到美国求学。原本根据父亲的意愿,他是要到波士顿大学来学企业管理的,但到了美国之后,他发现自己对这个根本没有兴趣。于是他花了不少时间在音乐、乐器与电脑音乐合成上。一个学期之后,他就从波士顿大学退学了,然后申请了同城的伯克利音乐学院(Berklee College of Music)。在该校期间,他选修了一些核心课程,但最终也像在波士顿大学一样,没有获得学位。2000年,他回到韩国,谋求成为一名歌手。

在演讲中,"鸟叔"特别强调了自己对音乐的热爱甚至狂热之情。他在2000年回到韩国,2001年开始出版专辑。10年之内,他不断地在歌唱、舞蹈,与音乐打交道。直到2012年7月。当时,"鸟叔"出版了自己的第六部专辑,其中主打歌曲就是《江南Style》。歌曲被放在了网络上。到8月14日的时候,该曲已经荣登"每月最受欢迎榜单"的首位。像美国很多重量级的影视及音乐名人如凯蒂·派瑞(katy Perry)、布兰妮·斯皮尔斯（Britney Spears）、汤姆·克鲁斯（Tom Cruise）等都在推特上对他给予了高度评价。"鸟叔"也就迅速为世人所知。9月14日，他接受了美国NBC《今日秀》的专访，现场表演了《江南Style》，还教大家跳骑马舞。到2012年12月21日，他的《江南Style》在YouTube上的点击率已经超过了10亿人次，成为该网站历史上第一个，也是到目前为止唯一的一个点击超过10亿的视频。随后，他被人称为"YouTube之王"。

从此，"鸟叔"就走上了世界舞台。奥巴马总统把"鸟叔"的出现称为"韩国风"。2012年10月23日，现任联合国秘书长潘基文在联合国总部会见了鸟叔，称赞他在全球的影响力巨大。

从仅只在韩国国内有些名气，到突然之间成为全球人人皆知的巨星，这样的成名速度之快出人意料，因而"鸟叔"被誉为2012年的"病毒之星"，喻指他像病毒传播那般迅速，并且在瞬间就为世人所知。

2012年12月31日——这一天也是他的生日，"鸟叔"应邀来到纽约时代广场，与美国著名黑人说唱歌星哈默（MC Hammer）一同在百万人的欢呼声中，做了一场现场表演，与大家共同迎接新年的到来。

有趣的是，"鸟叔"本人也对自己的成名感到困惑不已。他说，自己在创作《江南Style》这个曲目的时候，正是全世界经济低迷之时。自己创作的目的就是希望逗大家开心一笑，因此尽量让歌曲显得滑稽一些。因此，他故意开发了现在十分流行的"骑马舞"，希望大家都能学着玩儿。然而，实在是世事难料。到8月份的时候，《江南Style》就开始在网络上风靡全球了。

"这不是太令人惊奇了吗？"他说。他笑称，到现在为止自己也不是很清楚，这个歌曲怎么就突然流行起来了。但是让他感到高兴的是，大家虽然不知道歌词的意思，但每个人听歌或者看视频的时候，看上去都很快乐。他试着对此作出解读说，或许，在这里，音乐有了超越语言的内容，但他还是坚持认为，最重要的，还是有趣和好玩儿，才使这首歌曲如此流行。

讲到激动之处，鸟叔摘下了自己标志性的墨镜。

他承认，《江南Style》是获得了巨大的成功，但像这样的成功很难复制。他认为，《江南Style》的成功并非寻常之道，而且，也不能被视为一种标杆——它的成功只是一个意外，而意外在生活中并不会经常出现。

话虽如此，但实际上，除了《江南Style》已经成为一种现象，到现在为止，该曲的点击率已经超过了17亿人次外，就在今年，2013年，"鸟叔"新近推出的最新单曲《绅士》（*Gentleman*），在三周之内，点击率也已经达到3亿人次，单日之内的点击人数曾经达到3800万之多。像这样的成绩，哪怕是现在已经成名的巨星，也不是谁想就可以实现的。

"鸟叔"在最后的互动阶段告诫大家，一定要积极向上，因为积极向上是这个星球上最大的能量。这样激励的话语，赢得在场所有人的热烈掌声。

在演讲结束之后，"鸟叔"为了感谢所有前来听讲的人，宴请所有在场的人员共进一顿韩国美食。

"鸟叔"的艺名为"Psy"。我不懂韩语，也不知道"鸟叔"这个词是如何在中文语境下流行起来的。但如果按流行的说法——所以称其为"鸟叔"，是因为他所出版的成名曲为《鸟》——那么，将他的艺名"Psy"直接认定为"鸟叔"显然有失当之处，甚至完全是错误的，因为他自己对此有明确的解释。

"鸟叔"在2012年12月3日接受英国BBC专访时说，"Psy"这个艺名来自"psycho"——这个词，说白了，就是"神经病"的意思！他介绍说："我当时想的是，那是对音乐、舞蹈、表扬的一种狂热，所以，就像是神经病一般的狂热。"因此，"Psy"这个艺名，实际上代表了他对音乐的那种近乎疯狂的热爱之情。

由此可见，"鸟叔"的成功，其实并不完全是偶然的。没有那份狂热和投入，他又如何获得成功呢。

埃克特教授说，今天，我们是把"鸟叔"看作当代全球化时代数字化的一种文化现象。我想，若真要深究，其实，每一个成功者的成功，都绝不是偶然的。

（美国东部时间）2013年5月初稿
8月3日上午定稿于Cambridge家中

宁静的瓦尔登湖

在中国，对美国文学有点了解的人，应该都听说过瓦尔登湖（Walden Pond），也可能还看过徐迟先生所翻译的美国著名作家梭罗（Henry David Thoreau）的《瓦尔登湖》（*Walden*）。在我给英语专业本科生所讲授的《美国文学》课上，梭罗及其《瓦尔登湖》都是必讲的内容。

瓦尔登湖在1966年10月15日入选美国国家历史遗迹名录，由州政府管理，现在属于国家历史地标性遗迹。

7月初，我来到与我所居住的剑桥市只有半个小时车程的瓦尔登湖，在这里停留了三天两夜。由于我住在湖边人家，与瓦尔登湖仅一条马路之隔，正对着瓦尔登湖的东面正门，因此，在抵达的当天，放下行李稍事安顿，我就迫不及待地走出庭院，跨过马路，进入这座世界闻名的湖泊之地。

从正门进入，顺着宽敞的阶梯而下，放眼望去，先看到的是清澈而宁静的宽阔水面，四周满是绿色的树林，郁郁葱葱。往前走，低头再看，出乎意料地发现，下面居然是一个

宁静的瓦尔登湖一角。

湖滨浴场，有大人孩子，都在湖边划定的区域内游泳或者戏水。后来我才了解到，这里是人们夏季游泳的胜地呢。

顺着湖边走，先到湖泊南侧，那里有一条可以任游人沿着湖边散步的羊肠小道。小道之小，顶多可以供两人擦肩而过。两边用铁丝做围栏，一边是瓦尔登湖，一边则是森林，森林中高耸的树木遮云蔽日，里面地势高低不平，低处望不到头。

我从小道进入，沿着湖滨开始漫步。

瓦尔登湖所以远近闻名，与梭罗这位美国作家、哲学家、自然主义者有很大关系。因为他曾经于1845年开始，在此地独自生活了整整两年时间。

梭罗1817年7月12日生于麻州的康科德镇。他一生的大部分时间,除了少有的几次外出旅游,都居住在这里,直到他1862年去世。

梭罗在1833年进入哈佛。大学期间,他接触了美国著名哲学家、作家爱默生的作品,深受其影响。爱默生后来也成为他思想上的导师和生活中的朋友。1837年大学毕业后,他曾经在父亲的铅笔厂干过一段时间,然后教过一段时间的书,在1841到1843年间,他曾在爱默生家中居住,既为爱默生当助手,帮助他编辑刊物,也做孩子们的导师,还兼管一点家庭事务。在此期间,他开始了自己的写作。

19世纪中期,正是美国工业化革命高涨的时期。一方面,梭罗为技术的先进及其所带来的革命性变革感到鼓舞,正是在那个时期,开始出现了铁路和电报等;但另一方面,他又深感这样的变革破坏了大自然的和谐,同时,更让他痛心疾首的是,先进的技术以及追逐物质幸福,使人们偏离了寻找生活意义的轨道,满足于物质丰富所得到的快感,甚至于人们会认为,没有物质的丰富,人就难以寻求到幸福。而当人们沉浸于现实快乐的时候,却又总是忘记甚至直接抛弃了生命的意义。

为了思考这些现实问题,也为使自己安心写作,从1845年的春天开始,梭罗在位于康科德镇大约1.5英里的瓦尔登湖畔的森林之中,开始自己动手建造一座小木屋。

当年的7月4日,他搬到这里,一住就是两年。在此他过着简朴的生活,专心致志地写作。瓦尔登湖与康科德镇,迄今为止都不通公共交通，连出租车都没有。可以想象那个时候的梭罗，应该是在多么安静的地方生活与写作。他大概每隔一周，就到康科德镇一次，一方面是去购买日常生活的用品，另一方面也是去和家人及朋友团聚。

走了大约20分钟，我就来到了湖泊深处，即最西端的北面的一处地方，发现那里朝向森林一面的铁丝围栏已经不见了。再往前走，见不远处的一根高大的树干上贴着一块指示牌，上写"故居处"（House Site）。往上走，就是梭罗的居所之处。顺路上坡往前走，左转，发现一块空地。再走近，中间部分竖着九根约半人高的石柱。而在其左侧，有一堆乱石，上面竖立着一块黑红色的木牌，上面白字书写着梭罗的那句名言："我到林中来，是因为我希望活得明明白白，只想面对生活中那些最低要求，看我能否学到生活教化我的东西，不然到临死才发现自己白活了一生，那就太晚了。"

再看旁边的指示说明，才知道这里只是梭罗的旧居之处，他所建造的小木屋已经不复存在了。心中不免感到有些遗憾。随后，我拐回到羊肠小道，继续往前走。

虽然小道上围有铁丝，但还是有中断的时候，凡中断处皆为一个个小入口，可以进入到湖水的旁边。而每个入口处，也大致都会有人。有人手捧书本在认真阅读，也有恋人在此促膝聊天，还有一家几口在此嬉戏玩水。

进入羊肠小道时，天色阴暗，还不时听到沉闷的雷声，走在回来的湖畔时，竟下起了小雨。这让我想起梭罗曾在《瓦尔登湖》中说，每年的七八月份，这里时常有雷雨。心想，这雨来得及时，仿佛定要我亲身体验梭罗这位伟大作家在160多年前的场景。

在瓦尔登湖居住期间，梭罗每天都在日记中记下自己的心得体会。在1847年之后，他就一直不断地对此进行修改，直到1854年出版为止。1861年，梭罗身患肺结核，重病缠身，于第二年的5月6日不幸去世，年仅44岁。梭罗身后留给人们的著作超过20卷，但《瓦尔登湖》无疑具有标志性意义。

梭罗最关心的一个问题是：既然人生如此短暂，那么怎样才能让生命过得丰富而有意义？换句话说，人们究竟该崇尚什么样的价值观？他在《瓦尔登湖》的第二章《我的住所，与我生活的意义》中给出了自己的答案。他以自己在瓦尔登湖的生活为例，仅用了28.12美元就盖成了小木屋，在那里生活了两年，因为出售自己种植的豆子而净赚8.71美元，靠时不时地做些零工养活自己。他说，自己仅仅需要的是稍做点工作，就满足了自己日常的物质生活需要，然后却拥有了大量的时间去阅读、写作、思考和去欣赏大自然之美。因此，他对寻求生活意义的解决方案就是：简单、简单、再简单。在梭罗看来，唯有生活简单化，才能在自然社会中寻找到快乐与满足。

从湖畔出来，我发现自己居所的北面，就是一个小小的"瓦尔登湖商店"，里面主要出售一些礼品和图书。看到有不同版本的《瓦尔登湖》，买下一本作为纪念。

令人欣慰的是，第二天，我在瓦尔登湖商店的北面约50

米处，发现了一个一人高的梭罗雕像，在其背后不远处，即是人们为梭罗的旧居小屋所制作的一个复制品。原来，这里是专为游人而仿造的一座梭罗旧居。

走进小屋，里面大约有5平方米的样子，两边有窗户，可以透进一些光线。屋内除了火炉之外，就一张床、一张书桌、一个小矮桌和两把凳子，并无他物。当然，这些都是仿制品，真的遗物现在都珍藏在康科德镇的博物馆中。在书桌上，放着一个签名本，我在上面签上名，向这位哲学家和文学家表达敬意。

梭罗所以选择到瓦尔登湖来生活，更多的带有实验性质。坐在小木屋桌边时我想到，自己在上课时经常会向学生提问：你会不会像梭罗这样把自己的生活简化到这般地步？如果要你也像梭罗一般住在这里，你感到自己会缺少些什么？我记得有不少同学都回答说：缺电脑。我总笑说：光电脑恐怕还不行，还得有网络才可以啊。

我很清楚，现代社会的人们，已经再也回不到梭罗的时代，但他所提出的简化物质生活，努力寻求生命与生活的意义，或许对于当今物质化高度发达的全球化时代与人类社会不无启迪意义。我想，这或许就是梭罗的作品至今流传的意义所在吧。

（美国东部时间）2013年7月初稿
8月9日下午定稿于Cambridge家中

在哥伦比亚大学门口卖西北名吃的洛阳大叔

在美国的常青藤盟校,想看到一些来自中国的名人红人并不是难事。记得2007年夏我到纽约哥伦比亚大学时,在一个门口就碰到过一位之前在CCTV某栏目的主持人。六年之后的8月初,我再次到纽约,再次造访哥大,其中有一个想法,是希望能够找到并见到一位网络名人——他,就是在哥伦比亚大学门口卖西北名吃的洛阳大叔老谢。

大概是在今年的6月中旬,美国纽约网友"排长卫华"发了一则微博称,来自河南洛阳的谢云峰只能听懂one、two、three,连four都听不懂,但是这不妨碍他在哥伦比亚大学门前做摊车小贩,卖肉夹馍、凉皮之类,生意好的时候一天可以有七八百美元的收入。同时,微博还配发了一张图片,链接了一篇名为《美国的街头小贩如何生存》的文章,讲述了不懂英文的洛阳人谢云峰在哥伦比亚大学门前当摊贩的曲折故事。

一石激起千层浪。这则短短的微博,立刻引发了新媒体以及传统媒体的跟进，老谢的故事顷刻间传遍了中国，也在美国华人圈和留学生中流传。当然，媒体聚焦在两点，一是老谢一天可以挣七八百美元，一算，月收入超两万，自然吸引人的目光；二是像这样的街头摊贩，美国是如何管理的。对于后者，已经有很多媒体做了深入报道；对于前者，老谢在接受媒体采访时做了否认，称生意好时，一天可以挣七八百，不是天天如此，美元也没有那么好挣。关键是他现在还处于借债经营阶段，因此并不是像媒体所报道的那样风光。

依我对美国的了解，知道媒体在报道上的着眼点有可能导致对美国不甚了解的公众产生超乎常理的想象。其实，不仅是华人，所有抱有美国梦而来美国者，没有人能坐享其成，所有人都在勤勤恳恳地努力工作，其中的艰辛可能是不为人道的。

我到哥大的时候，正是上午，在游览了校园、造访了相关院系后，已经是中午时分，于是，我和朋友决定去找一找老谢。出门之前，我和朋友还专门在网上查找了相关信息，大体上锁定了老谢出摊位的地点。

我们从正对着W116大街的哥大西门右转向北走，就是百老汇大街。谁知，没走几步路，就看到有两辆餐车。近处的一辆显然不是，而稍远处的一辆，则有点像，因为上面隐约可见有红色的中文字迹。与前一辆餐车门庭冷落车马稀相比，这一辆餐车前，站了大约有七八个人在等候。再走近一看，确实是汉字。这，应该就是我们要找的目标。

请朋友先去排队，我则围绕着这辆餐车前后左右打量着。这是那种在美国各大城市人口集中的区域随处可见的银色快餐车，在纽约这样的大都市，几乎到处都是。餐车为长方体，外皮看上去是铝制的，里面的空间很小，也就容得下两三个人而已。餐车的两边，恰好有两棵大树，挡住了阳光，也使餐车和餐车前有了一片难得的树荫。

在餐车面朝人行道的正面以及两个侧面，都贴有菜单。菜单很简单，上面一行写有"中国西北名吃"，右边是英文。主菜单上，仅简单地列有编号，然后对应不同编号的有：鸡肉、牛肉、羊肉，实际上是鸡肉串、牛肉串和羊肉串；第二类食品有：牛肉盖饭、鸡肉盖饭，更有卤面、凉皮和胡辣汤；第三类包括：肉夹馍、酸辣汤、烩菜等。在这些菜单的后面，列有价格，都很便宜，有1美元的，2美元的，3美元的，最贵的也就5美元。菜单上还有一些图片，特别有肉夹馍、胡辣汤、饺子等。看得出来，全都是小吃和快餐式的中餐。

排队的人中，虽然可能大部分都来自中国，但显然也有外国人。在近处看到与说英语者交流时，知道微博说老谢只会说英语的1，2，3，连4都不会说，显然是夸张了一些。他应该听得懂最基本的英文，知道对方要什么。当然，我也看到深入的交流，老谢是需要翻译帮助的。

快轮到我们时，我透过餐车不大的窗口，看到老谢的身影。里面就他一个人。虽然他不时地转动身体忙来忙去，但还是大概能够看出他体格瘦瘦的，身穿一件黑色T恤，头戴一顶军绿色的长舌旅游帽,从露出的鬓发看,两边已经花白。但在询问人们点什么菜时,在向客人递上饭菜并找钱的时候,他总是面带和蔼的微笑。

轮到我们时,我们先点了自己要的东西,然后我问道:请问,您是老谢吗?他一边开始忙碌,一边回头笑说:是啊。我笑笑说:您好!我跟您是老乡啊!他笑着问我是哪里的,还介绍说自己是洛阳孟津的。我告诉他:您现在在中国和海外华人圈中很有名啊。他憨厚地对我笑了笑。

我介绍说自己来自波士顿,这次来纽约和哥大,也想来看看老乡。我问:您现在经常回去吗?他笑笑说:没有,来了两年了,还没有回去过。我问:现在在这里怎么样?他答道:还可以。我们今天点的有凉皮、卤面、羊肉串、肉夹馍等。说话间想起来:再加两瓶可乐吧。他说好。可乐可能是没有放在餐车上,他转身透过餐车后面的窗户,朝着车后面的一辆车中的人说了声:拿瓶可乐——我隐约听出来,那是地地道道的洛阳话!说话间,从餐车后面走过来一个小伙子,拿着两瓶可乐放到了餐车上。我指着转身已经离去的小伙子问道:那是您的儿子?他的口气中,带有一点无奈:不是,还没来,身份还没办好呢。

我和朋友大概算了下,我们点餐约在17美元左右。等到他把食物交给我的时候,我递上了20美元。他对我说:一共是16。在把20元钱收好后,他从里面拿出一张5美元,笑着对我们说:收你15。看到他真诚的笑脸,我一惊——知道

老谢的餐车。

他是在照顾我这个老乡,我笑笑说:那可不行,您不用找了,谢谢您!说完,我和朋友拿起食物包装盒,对着老谢挥挥手:我们走了,再见啊,祝您发达!

在这短短的聊天中,给我留下最深印象的是老谢的微笑和他的善良。但凡与人对视和问答时,他总是面带微笑。他在忙碌的时候,允许我为他拍了几张照片,照片上的他依旧带着善良的微笑。但因为没有来得及征求他的意见我们就走了,因此现在文章中所附录的,只能是我远远地为他的餐车所拍摄的照片。印象深刻的还有老谢那有些花白的头发。报道说他才40多岁,虽然我知道,在农村,像这样的年纪可能已经当上爷爷了,也会被人认为是老人了,但毕竟在大都市生活,他看上去还是挺辛苦的。很多人对他的传说，其实都是传说而已。

从纽约回到波士顿，我听到来自哥大的一位朋友讲述的另外一个故事。说在离老谢不远的地方（我不知道是不是我先前看到的那个），也有一个卖快餐的人，来自巴基斯坦。他在印度读的研究生，念的是国际关系专业，后来到了美国。因为在美国找不到工作，于是改卖快餐，而且一卖就是6年！但他有一个梦想，准备把这几年赚的钱，用到将来在美国读一个国际关系的博士生！

其实，我们每一个人都是老谢。无论是在美国还是在中国，抑或在世界的其他任何地方，大家都在以各自的方式，忙忙碌碌地奔波着，为自己的未来，为自己的家人，为自己的梦想，这——就是生活。

（美国东部时间）2013年8月初稿于纽约

8月23日上午最终定稿Cambridge家中

纽约街头响起的《义勇军进行曲》

到纽约访问的，无论长期还是短期，只要时间允许，大概都不会放过到大都会博物馆参观的机会。大都会博物馆全称为"大都会艺术博物馆"（The Metropolitan Museum of Art），始建于 1870 年，1872 年 2 月 20 日对外开放。她是美国最大的艺术博物馆，也是世界十大艺术博物馆之一。该馆的藏品超过 200 万件，既有众多古典的艺术精品，也有大量现当代的艺术杰作，无论是绘画还是雕塑，你都能找到几乎所有艺术大师的作品。

8 月初正当午的纽约，阳光灿烂，气温很高，天气炎热。下午将近 2 点，我和朋友从哥伦比亚大学出来，乘坐公交车，大约半个小时，就来到了位于中央公园东部区域的大都会博物馆。

在第 82 大街下了车，就看到不远处的博物馆了。虽然四周正在整修，但还是可以看到主体部分。美国的博物馆外形大都相似，宽大敦实的建筑，高高的台阶，巨大的廊柱，似乎缺乏创意。大都会博物馆也不例外。唯一例外的可能是到这里来参观的人较之其他地方，数量要多许多。

我们转过因施工而围起来的围墙，就走到了博物馆正门的台阶处。那里到处坐着人。因为建筑高大而遮挡住了西边火热的太阳，因此，这里自然成了来来往往、进进出出的人们能找得到的一块难得的阴凉之地。

穿过人群，我们走进去。在进门大厅有一个售票处。实际上，参观艺术博物馆是捐款制，即可以免费参观，但倡导人们捐款，而且建议的捐赠价是成人每人25美元，若有学生证，可以减为一半，为12美元。当然，若是少捐一些，甚至不捐，也完全可以，有很多大学生就只掏1美元，甚至两个人掏1美元，也完全可以出入。这种对学生的优惠，自然会吸引众多的学生前来参观。

进入艺术博物馆，徜徉于世界艺术精品之中，在眼力所及之处，在身心贴近的一幅幅作品前，静心地看，细细地品，仿佛能与古往今来的艺术大师对话，真是令人心旷神怡。我很清楚，这里的精品太多，虽然我们也在不同的楼层的不同的展室中穿梭，但还是把重点放在了我自己比较喜欢的欧洲绘画上。很高兴，我在这里再次看到了毕加索、高更、塞尚、雷诺阿等人的作品。

时间过得真快，一转眼，两个半小时就过去了。闭馆时间为5点半。5点10分左右，馆内已经开始招呼大家离开了。等到我们出来时，已经是5点半了。那时，我们随着人群往外走，台阶上的人比进去时更多了。

因为人太多，于是，我们就站在台阶上，准备等一下再离开。当我和朋友都在感慨今天所看到这些经典的艺术作品时，忽然间，从不太远的地方，传来了悠扬的黑管的乐声，我一愣：这什么乐曲，怎么这么熟悉、这么中国？

等了一下，还是朋友反应比我快，说：这不是《茉莉花》嘛！

我和朋友相视一笑，是啊，正是中国名曲——《茉莉花》啊。

一曲结束，传来了掌声。

我和朋友继续在聊天。大概也就几分钟的时间吧，黑管的乐声再度响起：又是中国歌曲，而这次，是《月亮代表我的心》！

这下，这位演奏者彻底吸引了我的目光和注意力。

我们穿过人群，下了几个台阶，没走两步，透过人群，就看到一位艺人——一位非裔美国人正在演奏。

他，站在台阶对面几步远的广场上，昂首挺立，正在卖力地吹奏。在他对面的台阶上，坐着一些观众在认真地听。他的面前，竖排放着七八件照片与证书模样的纸质物品。这些物品的后面，放着两件乐器和其他物件，正中间则放着一个盒子。一曲演奏完毕，有人上前，会在他的盒子中放上一些纸币。我注意到，其中有不少人应该是来自中国的旅游者，当然也有其他国家的人。但无论谁过去，艺人都依旧在继续演奏着。

少顷，只见他弯腰，放下手中的黑管，然后拿起了放在左手边的萨克斯。

等到他抬起身，把嘴对着萨克斯开始演奏的时候，我的耳边响起的是中国国歌——《义勇军进行曲》！

一瞬间，这一幕把我带入到去年的一个场景之中……

那是去年的5月，我随学校代表团访问纽约大学。在访问结束后，主人顺便带客人到华尔街走一遭，当然也就走到了华尔街的地标——"华尔街铜牛"的所在地。当没有到过这里的人们在铜牛那里排队、轮流与之合影的时候，我看到路的另一侧的不远处，在台阶上坐着一位艺人——也是一位非裔美国人，他在慢慢地拉着小提琴。

也在那一时刻，我听到了中国人都极为熟悉的乐曲：中国国歌——《义勇军进行曲》。虽然他演奏的不是那么美妙，但至少还不生疏。我得承认，自从十几年前在美国留学，到近几年来差不多每年都会到美国来，也会到各地去走动走动，但这是我第一次在美国街头，听到艺人在演奏中国歌曲，更是第一次听到艺人在演奏中国国歌。这给我的触动很大。听他演奏完毕，我走过去，在他面前的琴盒里放了几张纸币。

在回国后与学生的聊天中，我曾专门提起过这一段经历。我和同学们都认为，这位艺人很聪明，他是看到了自己认为的中国人，所以才这么做的。当然，他猜对了。所以，我为他送上那份微不足道的几元钱，不仅仅是为他的演奏，更是为他的聪明头脑。

　　回忆一闪念。今天，我又遇到了另外一位聪明人。但不同的是，这位的演奏更专业，而且，也可能是因为观众更多的缘故，他吹得格外起劲！而且，在演奏到高潮部分时，他还像军人一般，边演奏，边在原地大踏步走起了正步，紧接着，他又举起右臂，行起了军礼！

　　我立刻举起相机，拍下这一幕……

　　我注意到，在他面前所放的物品中，有一张身着军装的照片，上面的人应该是他。这说明他曾经当过美国大兵，属于退伍军人。由此推测，在他的身上，或许有着更多还不为人知的故事呢……

在纽约大都会艺术博物馆前演奏《义勇军进行曲》的美国艺人。

在他演奏结束后，像上次一样，我也走过去，在他的盒子里，放了几张一元的纸币，然后才和朋友一起离开。

我深知，对于这样的现象，不必也不应该做过多的解读，这些聪明的艺人的目的在于金钱，他们不过是为了谋生而施展了一点自己的聪明才智而已。就演奏水平而言，他们可能还算不上真正的艺人。在美国，人们可以见到很多艺人，其演奏水平之高，绝不亚于我们常见的那些职业演艺人员，但他们并不靠这样的方式来吸引人。

虽说如此，我也仍旧相信，纽约街头响起的《义勇军进行曲》这样的故事，仿佛在告诉世界：中国已不是过去的中国，中国人也不再是过去的中国人……

（美国东部时间）2013年8月初稿于纽约

重回宾夕法尼亚大学

8月中旬，终于找到了机会再访费城，再回宾大，在这里停留了三天。我在世纪之交时第一次赴美留学，到的就是宾夕法尼亚大学英文系。2001年9月回国。等我再回宾大时，已经是六年后的2007年夏天了。但那次在费城停留时间很短，到宾大也只是走马观花了一趟。时光飞逝，又一个六年过去了，转眼到了2013年的夏天。此次重回宾大，仅在校园里，我就停留了一整天。

一大早，我从位于市中心的酒店出发。左转几步路，就是我所熟悉的胡桃街(Walnut Street)，一路向西，朝着宾大的方向走去。

宾大的英文简称为Upenn或者Penn，是美国的顶尖高校，八大常青藤盟校(Ivy League)之一。但宾大常常被人与同在宾夕法尼亚州、也是美国一流高校的宾夕法尼亚州立大学(Pennsylvania State University, 简称: Penn State)混为一谈。我清楚地记得，当初到美国大使馆签证的时候，那位签证官在看我材料的时候，就错说成了 Penn State，我及时纠正了他。

出酒店大门的时候，天气还有些阴暗，但走着走着，太阳出来了。路过熟悉的 Barnes & Noble 书店，穿过依旧保持着欧式建筑风貌的街道，很快就走到了斯库基尔河（Schuylkill River）边。这条河又称斯库河、思故河、思故客河，是费城的一条河，全长约 200 多公里，流域都在宾夕法尼亚州境内。过了桥，就是宾大的校区了。

走过大桥不久，就看到远处一个过街天桥上的 Penn 字样了——这，或许是我看到的第一个变化。我清楚地记得，第一次到宾大来的时候，在乘坐机场的中巴上，路过这里看到这过街天桥处写着大大的 University of Pennsylvania 的字样。现如今，变成了左侧写着大大的 Penn，右侧则写上了"welcome to university city"（欢迎来到大学城）。宾大是个极具开放性的大学，连像哈佛那样的老校区的围墙和敞开的大门也没有。走到这里，大概算得上是进入到了宾大的领地了。

宾大建于 1740 年，迄今已经有 263 年的历史。创始人是堪称美国之父的集政治家、经济学家、哲学家、科学家、文学家于一身的本杰明·富兰克林（Benjamin Franklin，1706~1790）。他极其推崇实践教育的办学方针，因此，宾大在教育史上有众多创新之举，对后世有重大影响。如北美的第一所医学院（1765 年）、第一所商学院（1881 年）和第一个学生联盟组织（1896年）都诞生在宾大。在美国大学中，宾大也是最早开始关注跨学科教育的，也是推行得极为成功的一所大学。宾大从20世纪70年代起，就推行"一个大学"的政策——即鼓励学生学习交叉学科，学生可以选修学校任何一个院系的课程。这一政策延续至今。在2011财政年度，宾大的学术研究经费超过八亿，位居八所常青藤盟校之首。仅进入新世纪以来，就有九位宾大的在职教师或者毕业生获得诺贝尔奖。

离学校中心越来越近了。路上的两侧正在进行楼房改造，有些地方还设置了路障。但不久，我就走到了最为熟悉的那块三角地——所谓三角地，是指胡桃街和南三十四街的十字交叉地带，其西南方位，穿过校园中心区（图书馆、宾大行政楼所在地）后，就是宾大闻名的步行街（Locust Walk）——一条美丽的林荫小道。

宾大英文系的所在地——费舍尔－班尼特大楼（Fisher-Bennett Hall）就位于这个地段东南端。大楼呈长方形，西南与东北走向，正面则朝向西北方向，恰好面对十字路口。在这一地带，英文系的大楼位置十分霸气，割据了东南角的全部位置，前面腾出了一片空地。大门两侧及空地上，有一些显然是后来才种植的刚成材不久的树木，它们给夏日的阳光带来了一些阴影，让人感到一丝惬意。这里既是英文系和英语语言中心的所在地，也是电影研究中心和当代中国研究中心的所在地。

悬挂着英国文豪莎士比亚画像的宾大英文系。

宾大的英文系在美国享有盛誉。记得刚入校时去拜访时任系主任，他坐在宽大的办公桌旁跟我聊天。提到许多美国文学史上的著名作家曾在此学习和工作时，他语气中掩饰不住的是自豪和骄傲。是的，著名作家庞德（Ezra Pound，1885~1972）、威廉斯（William Carlos Williams，1883~1963）等都曾在宾大学习。

三步并作两步走向前去，拉开厚重的褐黄色大门，又拉开一道大门，首先映入我眼帘的，就是再熟悉不过的英国大文豪莎士比亚的大幅画像。画像位于通向二楼的海耶楼梯（Heyer Staircase）口的正中央，不仅是英文系的标志，也是宾大的一个象征。很多年前，宾大主页上就使用过一帧照片,拍摄的就是英文系这个楼梯口,包括莎士比亚画像在内,照片中的题词是:知识,没有边界(Knowledge without boundaries)。

这让我想起了英文系对自己的定位。英文系称,我们从事教学与研究的目标,不是要强化已有的学科专业领域内的知识,而是要将知识引入到全新的、富有成效的结合点上,要把它们与其他学科中的创新研究相结合。

虽然是假期,但由于有暑期学校的缘故,英文系大楼里不时有学生进进出出,人来人往。我站在距楼梯口不远处,面向莎士比亚画像,伫立良久……过去的一切,仿佛就在昨日,历历在目。

在不同层楼上迂回,在走廊漫步,走进自己曾经上过课的教室,静静地坐在那里,仿佛看到了教师在授课的身影,也听到了过去大家在课堂讨论的声音。走过教授工作室,看到门边所贴的那些教授的名字,有熟悉的,但大多数是陌生的,依旧感到了一份亲切。

我在此做博士后的导师,是当时宾大的副教务长彼得·康(Peter Conn)教授,后来他曾出任过临时教务长,是美国文学研究领域中的知名学者。近年来,他曾多次到中国参加学术会议和进行学术讲座。他在英文系和宾大行政楼都有办公室,但当时主要以在行政楼办公为主,我每次去见他,都要到行政楼二楼最右侧的一间宽敞的办公室去。此次到宾大前,我跟他通了邮件,希望能有机会拜访他,但他回信说，很不巧，他现在正在中国讲学。为此，不免有几分遗憾。

从英文系出来，跨过马路，就到了宾大的中心地带——校行政楼和图书馆所在地。宾大的图书馆，是那个时候我几乎每天都会到的地方。我记得，世纪之交的2000年十一前夕，时任中国驻美国大使李肇星曾经到访宾大，向宾大赠送了一套《中华文化通志》，以庆祝宾大图书馆成立250周年。当时代表宾大接受赠书的，就是时任宾大副教务长的康教授。

宾大的沃顿商学院既是全美最古老的商学院，也是全世界最出色的商学院之一。它的本科专业一直稳居《美国新闻与世界周刊》的排名之首，MBA从2000年到2009年在《金融周刊》上连续十年位居第一，2011年也位居榜首。沃顿商学院的旧址位于步行街与校园中心区的连接地带。在我2001年回国时，其面朝胡桃街、背对步行街的新大楼正在建设之中。这次，我专程到新大楼中一游。

进入新大楼，走到其一层的公共大厅，中间位置是通向二楼的楼梯口，而楼梯的两侧悬挂着两个大幅标语。左边是：商业的实力在于知识（Knowledge is the muscle of business）；右边写着：让我们在世界上创造经济与社会价值吧（Let's create economic and social value around the world）。

时间转瞬即逝。到晚上六七点的时候，该离开学校了。走在回来的路上，我在思考一个问题，像宾大、哈佛这样的顶尖高校何以能够在数百年中保持其旺盛的学术生命力?想想宾大英文系的培养目标——多学科的创新研究,想想沃顿商学院的口号——把知识当作商业实力的基础,在强调创造经济价值的同时,不忘创造社会价值。由此,或许任何人都不难看出世界一流大学成功的秘诀……

(美国东部时间)2013年8月初稿于费城、修订于哈佛

眼望未来的哈佛铜像

作为美国最古老的大学，哈佛处处有故事，但常为人所道的，莫过于矗立于古老哈佛园的那尊约翰·哈佛铜像了。哈佛园内总是游人如织，而在今天，哈佛铜像（John Harvard Statue）已经成为哈佛大学的象征。人们到此一游，一定会与哈佛铜像合个影，颇有不如此就未到过哈佛的意味。

哈佛铜像由三部分组成。最上面是铜像主体部分，在一张靠背椅上，坐着一位年轻牧师，他面庞英俊，但神色严肃，身着17世纪简朴的牧师服装——一件斗篷式的束腰外衣，脚蹬矮腰鞋，长丝袜，宽松的短裤。膝盖上放着一本打开的书，而椅子下方，还有几本书。铜像的中间部分是花岗岩支柱，约一人高。而下面，则是花岗岩底座。参观和照相的人们，站在底座上，伸手就可触及铜像人物的脚部。

哈佛铜像着实隐藏着不少哈佛历史传说。如果不去深入探究，人们还真的会无视哪怕是眼皮底下的细节。

哈佛铜像，人称"三大谎言铜像"。在铜像花岗岩支柱正

永远默默眼望未来的哈佛铜像。

面的中央部位，刻有三行字，如果不仔细看，可能就忽略了。走近看，可以看到上面一行是:John Harvard（约翰·哈佛）；中间写着:Founder（创建者）；下面一行是1638（年）。这意味着，本铜像所刻画的人物叫约翰·哈佛；约翰·哈佛是哈佛大学的创建者；而该校创建于1638年。可惜的是，这都不是事实。

首先，这个铜像并非约翰·哈佛本人的形象。这个故事说来话长，也与哈佛大学的诞生有密切的关系。

约翰·哈佛（1607~1638）并非哈佛的毕业生，而是英国剑桥大学伊曼纽尔学院（Emmanuel College, Cambridge）的毕业生。在铜像的右侧中央部位，刻着一枚伊曼纽尔学院的印章，这就是对约翰母校的一种深切怀念。约翰是位英国牧师，他的外祖父还曾与大文豪莎士比亚的父亲共事过。约翰被母亲送到伊曼纽尔学院上大学，于1632年获得了学士学位，三年后获得硕士学位。第二年，约翰结婚，于1637年春天或者夏季，夫妇两人来到美国新英格兰地区，成为麻州的居民，他们就居住在查尔斯镇。据说，约翰到美国来，还是由莎士比亚介绍的。1638年，约翰身患肺结核，于9月14日不治而亡，葬在查尔斯镇（Charlestown）。1828年的时候，一些哈佛校友曾经在他的墓地竖起了一座纪念碑，但后来在美国内战时期不知所终了。

临终前，约翰·哈佛把自己的遗产——除了780英镑外，更重要的是他那拥有320册图书的学术图书馆——捐赠给了当时马萨诸塞湾殖民地（Massachusetts Bay Colony）新近成立的一所大学——新城学院（The College of Newetowne）简称"学院"（The College）。后来，这所大学因此就以他的名字命名，成为"哈佛学院"，也就是今日之世界闻名的哈佛大学。

再说这创建者的谬误之处。哈佛最初的建立，得益于马萨诸塞湾殖民地捐赠的400英镑，才得以建立。这一捐赠要早于约翰·哈佛。哈佛大学官方对此也有过说法，该校的建立，并非哪一个人的功劳，而是很多人的功劳，因此，约翰·哈佛可以说是创建者之一，而非唯一的创建者。因此，把哈佛称为"创建者"，与事实并不完全相符。而且，哈佛的建校时间为1636年，当年,马萨诸塞湾殖民地的常设法院投票表决,正式决定成立一所大学。1638年,应该是约翰·哈佛在临终前向学校捐赠的年份。

这就是"三大谎言的铜像"的来龙去脉。实际上,铜像并不是从哈佛建校之初就有的,而是到其建校将近250年之后才开始设立的。话说在1883年6月哈佛毕业典礼的晚餐会上,有人提议要为学校赠送一座创建者约翰·哈佛的铜像,称在第二年,即可以在1884年6月1日到位。当时,承揽此工艺的是著名雕刻家弗兰奇(Daniel Chester French)。弗兰奇是波士顿康科德人。正是他,在30年后,制作了林肯纪念堂(Memorial Hall)的林肯雕像。

1883年9月,弗兰奇开始工作。但遇到的首要难题在于,约翰·哈佛未留下任何影像资料。于是,弗兰奇找到了一个名叫谢尔曼·豪尔(Sherman Hoar)的哈佛学生来做自己雕像的模特。据说,霍尔当时只同意雕刻家使用自己的脸庞,而身体的其他部位,弗兰奇只好另寻他途和依靠个人的艺术想象力了。当然,模特只是模特,弗兰奇并非只是为他画像,而是以他为蓝本。从我所看到的资料,现在的铜像人物显然要比照片上的豪尔本人英俊许多。当然,这个豪尔也不是一般学生,他是1882届的哈佛本科生,出身名门。他的曾祖父谢尔曼·罗杰(Sherman Roger)曾是美国《独立宣言》和《美国宪法》的签署人。他的父亲和叔叔则分别是哈佛监理会主席和哈佛的第四任校长。而且,豪尔本人后来还做了国会议员和美国的地方检察官。

弗兰奇在1884年5月完成人物雕塑,接着,又花了几个月的时间,由亨利-伯恩纳德青铜公司制作成铜像。仅制作铜像,就花了2万多美元。

最初的铜像安放在哈佛纪念馆(Memorial Hall)的西侧。1884年10月15日举行了揭幕仪式。1920年,弗兰奇写信给时任哈佛校长洛威尔(Abbott Lawrence Lowell),希望能够把铜像再换个位置。于是,四年之后,1924年,哈佛铜像就被移到了现在的位置——即哈佛园的西面,背朝大学楼(University Hall),面向哈佛的正门——约翰斯顿大门和哈佛楼与麻州楼(Massachusetts Hall)。

现如今,哈佛铜像不仅是哈佛大学的标志,也已经成为美国文化的一部分。1986年,美国邮政总局发行了一张约翰·哈佛的纪念邮票,用的就是该铜像的形象。

有趣的是,哈佛铜像的左脚略微前伸。外部一直有个传说,说哈佛学生有传统:总爱触摸这只脚而寻求好运——但事实上,在哈佛内部,这种传统并不存在。据说大约从20世纪90年代起,带领游人进入哈佛的导游开始以讹传讹,鼓励游客们去模仿这一并不存在的"传统",其结果是,游人寻求好运的这一习惯,使得约翰左脚的脚趾位置被摸得闪闪发亮。

哈佛有一门通识课,名为《有机体:哈佛世界收藏》(*Tangible Things: Harvard Collections in World History*),

主要考察哈佛所珍藏的物质文化有机体，从我先前介绍过的玻璃花和植物标本，到美国文学大师梭罗所使用的铅笔，应有尽有。而考察哈佛铜像，是其必修内容之一。通过研究这些历史上的实体遗迹，数百年的历史汇集于一物，历史成了一个小小的时间胶囊。

剑桥的春天很短暂，冬去春来不久，夏天就降临。而在夏日时分，我最喜欢做的事情，就是在晚上八九点之后从家中出门漫步到哈佛园。这时，哈佛园的绿茵草地上总是零零散散放着一些凳子，长长短短，高高低低，供师生和游人驻足休息。无论走到哪里，在凳子上坐下，在夏日夜晚的微风中，我总会面向或者时而回望哈佛铜像，在略显昏黄的灯光下，隐约可见哈佛铜像依旧凝神远望，仿佛在向未来诉说着今天的世事变化……

（美国东部时间）2013 年 8 月初稿于哈佛

历史与智慧之城——剑桥

哈佛所在地剑桥,是一座美丽的小城市。要想把这个小城的历史说清楚,不能不提新英格兰和波士顿。

新英格兰,不是一个地方,而是一个地区,指美国东北部所涵盖的6个州,即马萨诸塞(简称麻省或者麻州)、缅因、新罕布什尔、佛蒙特、罗德岛和康乃迪克。1620年,这里成为英国拓荒者最早踏入美国的地方。10年之后,那些清教徒就开始在今天的波士顿地区安家落户,从而组建了"马萨诸塞湾殖民地"。波士顿,是美国麻省的省会城市,也是麻省最大的城市,人口超过63万,位列全美大城市中的第21位。当然,波士顿还是"大波士顿"地区的中心城市,就包括了像剑桥这样的小城市。

就地理位置而言,剑桥位于波士顿的北部,查尔斯河从这座小城穿流而过。由此可见,剑桥可以说是"大波士顿地区"的一部分,但是一个独立的城市。居住在剑桥的人们,只会说自己是住在剑桥,而不是波士顿,反之亦然。

只要一提到剑桥，人们自然而然就会想到英国的剑桥大学（University of Cambridge）。其实，麻省的剑桥，就是为纪念英国的这所大学而命名的。当然，有时候，为了区分两者，也有人把美国的这座小城翻译作坎布里奇。

剑桥所以蜚声世界，无疑跟哈佛与麻省理工学院（MIT）有关。实际上，剑桥历史之悠久，与英国在美洲的殖民地历史密切相关，因而，它的存在也就早于美国的建立。

据史料记载，早在1630年12月，剑桥就被当地人视为一块风水宝地，且是抵御外来船只进攻的军事要地。1631年春，人们开始在这里搭建房屋，并把这个地方称为"新城"。到了第二年，这座城市被正式命名为大写的"Newe Towne"，而其最初的建立者，就是马萨诸塞湾殖民地的700位清教徒。他们不仅建立了剑桥，还建立了波士顿等城市。

但那个时候的剑桥，不过是个"村庄"而已，方圆8英里（13公里）。其核心位置就是今天的哈佛广场。今天，哈佛广场是剑桥著名的商业区，商店林立，人来人往，热闹非凡。而这样的传统一直可以追溯到它的建立之初。只是那时的哈佛广场，更像是一个大卖场，农民们把各种物品带到这里来出售。但即便在那时，除了有从事农耕者外，还有一些人在从事房地产、投资和贸易等活动。另外，那时的剑桥，虽然名为村庄，但范围要比今天大，有些地方到后来都划归到其他城市范围了。

1636年，马萨诸塞湾殖民者建立了一所名为"新城学院"的学校，选取的校址就是"新城"。这所学校就是哈佛。1638年5月，"新城"被改名为剑桥，以向英国的剑桥大学表达敬意，因为时任马萨诸塞湾殖民地的首任长官、剑桥教堂的牧师、哈佛的第一任校长、哈佛的第一位捐赠者约翰·哈佛，全都毕业于这所大学。

到美国独立战争时，当地的人们大都住在今天的剑桥公地和哈佛大学附近。剑桥公地是一个公共公园，离哈佛广场很近，对面就是哈佛法学院所在地。1775年，乔治·华盛顿从弗吉尼亚来到这里带兵打仗，就是在公地安营扎寨，因此，这块地方被视为美国军队的诞生地。

从1790年到1840年的50年间，剑桥发展较快，比如建立了西波士顿桥，把剑桥与波士顿连在一起，从此人们到波士顿就不用再绕十几公里的路了。1846年，剑桥成为一座城市。随着城市的发展，剑桥的中心也从哈佛广场转移到了今天的中央广场，这里也就成了市中心。

19世纪中期时，剑桥逐渐成为文学创作的中心，作家与文人云集。他们通过新的文学形式与诗歌，带给了美国文学新的气息。这一时期涌现出了像朗费罗（Henry Wadsworth Longfellow）、洛威尔（James Russell Lowell）等在美国文学史上有名的诗人。

虽然剑桥在20世纪20年代已经是新英格兰地区重要的工业城市之一，但随着大萧条时代以及二战的到来，它逐渐失去了其工业地位，更加凸显了其作为学术与智慧之城的鲜明特色。在历史发展中，哈佛越来越显示出其在剑桥这座城市生活与文化中的重要角色。1916年，随着MIT的迁入以及后来的发展，更稳固了剑桥作为美国智慧之城的中心地位。

剑桥属于美国最开明的城市之一，当地或者周边城市的人们喜欢戏称其为"剑桥人民共和国"（The People's Republic of Cambridge）。当地人也被称作"剑桥人"（Cantabrigians）。Cantabrigian这个词来源于中古拉丁语，是从最早指称剑桥的"Cantebrigge"发明而来，因此它既指两所大学（剑桥大学或是哈佛大学），也指两所大学的所在地（英国的剑桥与美国麻省的剑桥）。而在麻省的剑桥，"Cantabrigia"这个词，还出现在了城市的大印之中。有意思的是，在19世纪，曾有多次要把剑桥并入波士顿的计划，但都遭到了当地人的拒绝，最后未能成功。

当然，剑桥最著名的，除了哈佛与MIT之外，还有剑桥学院（Cambridge College）、隆基音乐学院（Longy School of Music）等7所院校。而且，美国艺术与科学院也位于剑桥。据有关人士统计，在全部不到800人的诺贝尔奖获得者中，至少有超过130位与剑桥有着千丝万缕的联系。

现在，剑桥这座小城，方圆7.1平方英里（18平方公里），其中，6.4平方英里为陆地，0.7平方英里为水域。人口10万有余。剑桥的居民中，多为白人、非裔和亚裔，其中白人所占比例超过66%，非裔美国人超过11%，亚裔美国人则超过15%。其中亚裔所占的比重，要高于美国的平均数。因此，

剑桥的市政大厅。

历史与智慧之城——剑桥

在这里,特别是在哈佛与 MIT 见到亚裔,特别是华裔,听到人们在说着流利的汉语,一点都不奇怪。

或许,我们通过一个数据,可以说明哈佛与 MIT 在当地的影响力。现如今,高校已经成为剑桥当地最大的业主。仅哈佛与 MIT 两家,就雇佣了两万人。而且,当地由于高校云集,特别是由于哈佛与 MIT 的存在,也使剑桥成为非盈利组织和智囊团的中心,像美国全国经济研究所(National Bureau of Economic Research)、林肯土地政策研究院(Lincoln Institute of Land Policy)等都在这里发挥着巨大的作用。

十几年来,我在美国居住较长时间的城市除了宾夕法尼亚州的费城和华盛顿州的西雅图之外,就是剑桥这座小城了。坦率地说,我喜欢剑桥。深红色的校园围墙,高大神圣的教堂,四处可见的图书馆与博物馆,现实与传说中的厚重历史,匆匆来去的学者与读书人,这座智慧之城中的一切,似乎都能让人流连忘返。剑桥的座右铭,从拉丁文翻译过来就是:因经典之学(Classical Learning)与新兴院校(New Institutions)而闻名。或许正是因为崇尚经典并努力创新的高校,才造就了今日之历史与智慧之城——剑桥。

(美国东部时间)2013 年 8 月初稿于哈佛

哈佛校门的故事

美国的大学是开放的,开放到学校的校园乃至建筑,都已经成为所在城镇或者乡村的一部分。因此,很多大学既没有围墙也没有校门,更别提能见到国内高校那气势恢宏的大门了。如我过去所在的宾夕法尼亚大学,学校与所在的大学城连为一体,学校连个门都没有,不得不借助于过街天桥或者其他建筑来书写校名。当然,也有些古老的大学如我现在所在的哈佛大学以及其他一些常青藤盟校如哥伦比亚大学和布朗大学等的古老校园,则是有围墙和校门的,只不过这些校门的功用更多是用于行人和车辆的通行,而不是为了安全保卫,因此也就不会定时关门上锁,而其中有些校门甚至就是个通道,并无可以开关的大门。就我所知,除了如每年的毕业典礼或者迎新晚会等重大活动,有一些小门会关闭之外,这些大学的大门,通常全都是敞开的。

哈佛最古老的校园就是哈佛园了。哈佛园并不大,在最早的时候,占地不到2英亩,后来慢慢扩展,到1835年的时候，大体上有了今天的规模。哈佛园无疑是哈佛的历史中心，更是学术重心和管理重镇。这里坐落着本科生的宿舍、威德纳图书馆、拉蒙特图书馆；矗立着高大挺拔的纪念教堂；当然，除了教学楼和教师之家外，哈佛校长、本科生学院院长、文理学院院长等的办公楼都在这里。

现在，这块芳草如茵的古老校园占地面积22.4英亩，早已身处现代社会四通八达的道路之中，分别被麻州大道、剑桥大街、百老汇大道和昆西街等街道所包围。因此，校园的四周就有了深红色的砖墙和铁栏杆，使得这个古老的校园成了喧闹世界中的一片净土。

其实，据记载，最开始的时候，哈佛这块古老的校园也是没有围墙的，当人们在1889年开始圈地并竖起第一座校门时，还曾遭到很多人的谴责，认为用石墩和铁栏杆把大学围起来有悖这所大学早期的清教徒传统。但随着时间的推移，围墙越建越长，同时，由于得到了越来越多的资金支持，人们也为这些围墙开设了更多的关口，这——就是今天人们所见到的校门。

那么，哈佛园究竟有多少校门？由于计算方法不一样（比如是否把过去存在过而后来消失的大门算在内等），人们所说的数据也不太确定，但就最新资料来说，至少应该有25个大小不同的校门。这些校门上大都有一个数字，每一个数字背后都有自己独特的历史传说，由于篇幅所限，我在这里只讲三个我个人印象最深的小故事。

第一个是约翰斯顿大门。这是哈佛园的第一座校门,它建成的时候显得孤苦伶仃,因为四周的围墙和其他大门都还没有建成呢。这个校门所在的位置,是自17世纪以来哈佛园的主要通道,因此,大门的建立,自然而然也就成为哈佛的"正门"。其身后的左右两侧,就是哈佛校园中最古老的两栋大楼:麻州大楼和哈佛大楼。

这座校门有一个主大门,两侧还有两个小门。大门所以

哈佛大学的约翰斯顿大门。

命名为"约翰斯顿",是为了纪念哈佛1855届的本科生塞缪尔·约翰斯顿(Samuel Johnston),他捐赠了一万美元修建此门。这位来自芝加哥的学生,后来成为一位大资本家,于1886年去世。

这座大门由波士顿的一家建筑公司负责设计,其造型风格属于殖民复兴时期的产物,后来的19世纪末和20世纪初哈佛的建筑,都沿用了这样的风格。使用多彩的纹路和富有颜色的砖块等,成为哈佛大部分建筑物的标准风格。大门上端有两块饰板,镌刻着哈佛最早的建校记录。

自建设至今,每年的五六月间,前来参加毕业典礼的校外官员都要从约翰斯顿大门进入,这已经成为一种传统。每年八九月新生入校时,这个平时关闭的大门也会向新生及其父母亲友开放。当车辆鱼贯而入时,似乎也富有了一种象征意义。

第二个是艾略特大门。该校门由哈佛1908届毕业生捐建,为的是纪念哈佛历史上担任校长时间最长的查尔斯·威廉·艾略特(Charles William Eliot, 1834~1926),他在1869年至1909年间担任哈佛大学校长。该门左后侧的校园内矗立着爱默生大楼,正面则面向昆西街17号——一直到1971年,这里都是校长的居所之处。

我个人以为,艾略特所倡导的大学应该提倡人文教育,并在世纪之交把哈佛大学建设成了一所世界一流的大学,算得上是他对哈佛以及美国高等教育的最大贡献。因此,大门的左侧上方镌刻着：以此纪念查尔斯·艾略特，1908届学生捐赠。而右侧上方的饰板上，则是从一本艾略特传记中摘取的一句话：他为我们的子孙后代开辟了前行的道路；他的一些遗产将永远与我们同在。

第三个是戴克斯特大门（Dexter Gate），面朝麻州大道，正对着并不属于哈佛大学的"哈佛书店"。该门也被称为1890年大门，由沃特·戴克斯特夫人为了悼念她的儿子——1890届的毕业生萨缪尔·戴克斯特（Samuel Dexter）而捐建，因为萨缪尔于1894年不幸去世。该门于1901年建成。

在这个校门内外的拱形上方，分别镌刻着艾略特校长的两句名言，读后令人难忘。第一句话刻在大门的外面，上书："踏入校门，增长智慧"。第二句话，则刻在大门的里面："迈出校门，尽心尽力报效祖国与人民"。

特别值得一提的是，普利策奖得主、建筑学批评家卡敏（Blair Kamin）在去年到哈佛之后，被哈佛的校门所吸引。他为诸如这些校门上的数字意味着什么，谁支付建立校门的费用，它们建立的原因何在等问题所吸引。于是，在他的倡导下，他与一些同事为本科生开设了一门课程，专门研究这些校门。他们动员学生去观察这些校门，研究其历史，到档案馆去查找这些校门背后的故事。到今年，其研究成果出来了，他们出版了一本电子书，题目为《哈佛园的校门》（*The Gates of Harvard Yard*），涵盖了各个校门的历史、设计与现状。

说到哈佛校园"大门"的时候，仔细想实在算不上"大"

门，而不过是"小门"而已。现如今，哈佛园的校门早已成为人们熟悉而又热爱的校园风景的一部分。来去匆匆的人们，或许并没有去关注和留意这些日常所见的古建筑，但她们却在默默无闻中述说着哈佛的历史与传说……

(美国东部时间) 2013 年 8 月初稿于哈佛

哈佛特有的词汇

作为美国最古老的大学,哈佛有一些独有的词汇。它们出在哈佛,有些也仅在哈佛才使用,就连词典上都很难查到其意义。值得注意的是,这些词汇大多出自哈佛的本科生,既反映哈佛学生的特点,也是哈佛校园文化的重要组成部分。总体而言,我把这些特有的词汇分为四大类。

第一类主要与哈佛的历史、文化有关。一提到这样的词汇,人们自然而然、有意无意都会想到哈佛。比如:

Veritas:大家可能都知道,这是哈佛大学用拉丁文书写的校训,用英文表述就是"truth",即"真"。

The Yard:是哈佛园的简称,这里是哈佛最古老的校园,坐落着绝大多数的本科生宿舍,大学生都住在这里。这里也是游人密集"朝圣"世界名校的地方。有趣的是,这里也是早年哈佛教授饲养牲畜的地方,而且在他们得到的教书合同书中,校方鼓励他们在此有此作为。

第二类与学生的学习有关,这一类词汇最多,也最能反

哈佛园一角。

映哈佛学生的学习态度、学习状态以及学习时的一些习惯特征。比如：

Brain break：其意为"大脑休息时间"，主要指在本科生宿舍中，学生学习了一段时间之后的一段休整时间。而需要注意的是，这个时间开始于晚上9点钟。每到晚上，学生餐厅会为学生准备一些甜点，供大家享用。因此，每到这个时候，往往会有学生在宿舍中相互高喊："嘿，大脑休息时间到了！走啊！到食堂去，今晚的加餐选择是：白面包与小麦面包！"由此，大家可以想象哈佛学生的学习状态。

Citation：这个词的原意为"引用"、"印证"，但实际上，在这里其意为"某一门外语的水平证书"。要想得到这个证书可不是件容易的事,需要参加六门相关外语的高级课程才行。

Concentration and secondary field:这是哈佛对"专业"(major)与"辅修专业"(minor)的特有表达形式。

GenEd:这是"General Education"(通识教育)的简称。自从2009年以来,哈佛要求本科生必修八门通识教育课程。这八门课程分别来自八大门类,从美学到科学应有尽有,对此,我在过去的文章中做过较为详细的介绍。在哈佛,这些课程大都被认为是最好过关的,但阅读量极大。

Harvard Time:这里的"哈佛时间"实际上是指"整点过后7分钟"。我初到哈佛听本科生课程的时候,都是按照时间提前到达,因为课程表上的时间写的都是整点(比如上午11点)开始上课。但到了整点时间,往往是才看到少数几个学生到来。但在仅有的几分钟时间内,学生会陆陆续续地到来,仿佛在瞬间就把教室坐满了。而每次教师也会在大约整点过后的七八分钟时间才开始讲课。由此,在哈佛,一堂课的时间也就是50分钟左右,而非一个小时。有趣的是,哈佛人由此认为,自己在哈佛养成了从不准点的习惯,毕业之后也不例外。

Lamonster:这个词最有趣。Lamont Library(拉蒙图书馆)是哈佛校园中唯一一个24小时开放的图书馆。学生为了完成作业,或者为了考试,有时候不得不在图书馆熬到深夜乃至在这里过夜。Monster这个词是"怪物"的意思。因此,把两个词结合在一起，哈佛称这些半夜三更或者在凌晨时分走出拉蒙图书馆的人为：Lamonster——或许可以翻译成"拉蒙怪物"吧。

第三类是与学生的生活有关，比如：

The Berg：这是"Annenberg Hall"（安纳伯格大厅）的简称。安纳伯格大厅位于哈佛著名的"纪念堂"（Memorial Hall）之内，这里是哈佛本科生的餐厅，每天大概要供应3400份饭的规模。这里也是哈佛最引人注目的地方之一。

The Kong：这是哈佛附近，位于麻州大道上的一家中国餐馆——英文名称为"Hong Kong Restaurant"，汉语名称为"香港楼"。这里不仅有餐饮，也有酒吧，且以价格便宜而闻名。它每天开放到凌晨3点，因此颇受学生欢迎。我时常与哈佛的朋友在此聚餐聊天。

Primal Scream：其意为"原始呐喊"，算得上哈佛学生的一个传统。每个学期结束、考试即将开始的时候，一些学生就会聚集在哈佛园，围绕着校园裸奔。有意思的是，他们的裸奔还要有哈佛管乐队的伴奏，当然，更少不了成百上千的围观者！这样的活动，在每学期结束和要考试之前都会进行，要知道，新英格兰的冬天是十分寒冷的，裸奔也是需要勇气的。

第四类是与社会交往有关，比如：

The Game：名为"比赛"，其实是指在哈佛和耶鲁之间一年一度的足球赛，大都在每年11月份举行。每年举办的地点有变化，但一般来说，赛前的聚会则会从早晨就开始而持续一整天。其实，比赛就是"游戏"，人们今天的比赛，目的就是为了尽情地狂欢，因而比赛总是伴之以聚会，一点都不奇怪。

Gap Year：这个词意为"空挡年"、"空白年"或说"间隔年"，如果从起源讲，应该说这个词源自英国，指学生离开学校一段时间，从而去经历一些学习以外的事情。但在哈佛，一般指的是在进入哈佛之前，离开学校一年的时间。据哈佛学生开玩笑地说，进入哈佛之前，你最好是到五个以上的发展中国家去旅行一番，最少要给一万名儿童打过预防针，否则将来等到在"The Berg"（安纳伯格大厅）开始讲述各自的"空挡年"故事的时候，你都不好意思开口说话！

H-bomb：其原文看上去是"氢弹"，"dropping the H-bomb"自然就是"丢下一个氢弹"的意思了，但实际上，这里的H，指的是哈佛。其意为：我要上哈佛了！想象一下吧，在人声鼎沸的酒吧中，当人们询问你考上了哪个大学的时候，你骄傲地宣称"我要去哈佛"，那将会产生怎样的效果啊！

Safety school：所谓"安全学校"，实为报考学校时的"保底学校"——对申请哈佛的学生来说，耶鲁大学就是这样的"保底学校"。当然，这是一种玩笑话。但有趣的是，在美国，像这样互相戏谑般的称呼与演绎，并不少见。我在哈佛书店就见到过徽章上印制着：Beat Yale（打败耶鲁）这样的字眼。在其他州的其他大学，也有类似的笑话和说法。但从这样的笑话与戏谑说法中，人们在莞尔之间，无疑想到的是两校之间的友谊。

意义在词汇中表达，文化也在词汇中传递与传播。上述简单列举的这些哈佛特有的词汇，从某个侧面让我们看到了哈佛特有的文化氛围与历史传统……

(美国东部时间) 2013 年 7 月初稿于哈佛

在宗教与世俗之间

哈佛园内有一座教堂,名为纪念教堂,其高耸入天的顶端,令人印象深刻。教堂存在的本身,自然会令人想到哈佛与宗教的关系。

但这座纪念教堂历史并不长,迄今不过 80 余年。这座教堂与一战有关。时任校长洛威尔(Abbott Lawrence Lowell)把要建设一座新的教堂的想法和建一座战争纪念馆的想法合二为一。为此,哈佛开辟了一片空地,即今天的三百周年广场,并在这里建设这座纪念教堂。纪念教堂建成于 1932 年,373 名在第一次世界大战中战死的哈佛学子的名字镌刻在纪念教堂的内部。迄今为止,这里已经成为哈佛精神的象征。周而复始,教堂的钟声每天都会响起,人们也会在每个周日的时候,到这里来做礼拜。

然而,哈佛并非是一所宗教学校。如果稍微对哈佛的历史做一点探究,我们大概能够看到在哈佛的发展中,她是如何从一所与宗教密切相关的学校,走下神坛而成为一所现

哈佛园内的纪念教堂。

代性的研究型大学。当然，在一篇短小的文章中，即便是简述，也很难说清哈佛长达数百年的演变过程。因此，我试着从几个历史节点及其相关事件、几个历史人物及其所作所为出发，力争看出哈佛的发展脉络，或许有助于我们对哈佛的进一步认识。

第一个历史节点是1636年，即哈佛建立的年份。当年，大约有1.7万名清教徒迁移到新英格兰地区，正是这些人中的一些传教士意识到为尚未建国的这片土地培养神职人员的重要性，从而建立了一所"新学院"，这就是不久之后以第一位捐助者的名字命名的哈佛大学。由此可见，哈佛在成立之时，就是一所神学院，一所宗教学校，其办学宗旨就是培养年轻的牧师。那个时候所能阅读的书籍，大概就只有《圣经》了，因此，人们所学习的无非就是深入研讨和对这一经书进行阐释。

众所周知，第一批移民者来到美国的理由，就是缘起宗教纠纷的宗教迫害。因此，在接下来较长的一段岁月中，由于哈佛校长所持的不同宗教立场，不同的宗教主张，以及对待异教信徒的做法，自然也在校内引发了较大的争议。

第二个历史节点是1692年，当时英克里斯·马瑟（Increase Mather）成为哈佛校长，他是把基督教作家的作品引入哈佛的第一人，而且在伦理学的课程上进行讲授。值得注意的是，在哈佛的早期，哈佛所在地剑桥对于哈佛给予了有力的经济支持，而当地的清教徒牧师也直接监管学校。但到了1700年的时候，哈佛已经开始强大了，反过来开始资助和支持当地经济建设，包括公共卫生、开放道路、建立教堂和学校等等。换句话说，早在18世纪的时候，作为高等院校，哈佛就已经开始发挥重要作用了。

第三个历史节点是1708年，哈佛历史上第一位世俗的校长面世，他就是约翰·李维立特（John Leverett）。其实，早在马瑟1701年不再担任校长之后，哈佛就已经开始处于一个长期的宗教与自由主义的斗争之中。而李维立特上任后的最大贡献，应该是保持了哈佛的独立性，特别是使哈佛免受任何一种主流宗教学派的影响。这一点，对后来哈佛的走向至关重要。

第四个历史节点是1810年。从1810年开始，到1933年结束，在这123年的历史当中，所有哈佛校长均属于一神论派（Unitarians）。所谓一神论者，即认为上帝为一人，而非三位一体者。一神论派一般被认为是自由主义者（liberals）。他们接管哈佛后，不仅领导哈佛完全走向世俗，也使美国高校向着世俗化方向快步迈进。从此，高校中开始有了一些社团组织，人们也开始利用兴起的印刷媒体对各种问题展开了激烈的公开讨论。

值得注意的是，在1846年，路易斯·阿加西（Louis Agassiz）开始在哈佛和纽约同时讲授自然史的讲座。其研究方法是理想主义的，把美国人视为神圣的大自然的参与者，有能力理解智性的存在。他对科学的观察与人的直觉的认识，进一步拓展了哈佛的世俗化进程。

第五个历史节点，从1830年到1870年的40年里，是哈佛私有化的一个过程。那时的哈佛更加发达了，当年在哈佛监管机构中的那些教派组织人员以及公职人员，逐步由来自波士顿地区的上层实业家与专业社团中的人员来担任，哈佛更多地接受私人捐助，也开始走上精英化的发展道路。

在这段时间内，哈佛在经济上的突飞猛进在美国高校中独树一帜，无人可以匹敌。据记载，到1850年的时候，哈佛总资产已经是耶鲁的三倍。从那时起，人们已经开始因为哈佛良好的社会声誉而愿意把自己的孩子送到哈佛来读书，并以此为傲。

第六个历史节点是1869年到1909年，即哈佛历史上任期最长的校长艾略特执掌哈佛期间。他把基督教从哈佛的课程设置中剔除出去，代之以学生的自我指导。从本质上说，虽然艾略特是美国高等教育世俗化过程中最重要的人物，但其动力并非世俗化本身，而是因其深受超验主义一神论教的影响。在此期间，爱默生等人的学说强调人的尊严与人性的价值、个人探究真理的权利与能力等。

正是在艾略特校长治校期间，哈佛作为一所更加开明和民主大学的声誉，已经远超普林斯顿或者耶鲁了。在1870年，哈佛有了第一位非裔美国人的毕业生。七年之后，美国高等法院的第一位犹太裔大法官，也从哈佛法学院毕业。这些都是当时其他的美国高校还做不到的。

第七个历史节点是20世纪初。在这个时间段内,哈佛的国际声誉日渐高扬,其捐助基金增长更加迅速,优秀的教授也越来越多,学生对哈佛也更加地趋之若鹜,人数激增。有趣的是,在20世纪20年代,一位耶鲁的毕业生哈克尼斯(Edward Harkness)因为未被母校重视,从而将1200万美元捐献给了哈佛,帮助哈佛像牛津大学那样建立了寄宿制度。在此之后,耶鲁才开始重视这位毕业生,也接受了他的资助,同样建立了相应的制度。

第八个历史节点是在柯南特(James Bryant Conant)任校长的20年间,即1933~1953年。柯南特校长重振了哈佛的学术创新精神,也再次确立了哈佛在研究型大学中的声誉。柯南特将高等教育视为青年才俊成长的机遇,因此竭力招募有志的青年学子到哈佛来学习。1943年,柯南特做出了一项重大的决定,即哈佛的本科生教育应该着重通识教育。两年之后,哈佛为此发布的通识教育的相关报告,成为20世纪美国高等教育历史上最富影响力的宣言。

由以上八个历史节点,我们大致可以看出哈佛由宗教步入世俗的发展简史。到今天为止,哈佛鼓励学生批评性地介入现实生活中除了宗教之外的方方面面。有人甚至为此而感到痛心疾首。也有文章称,这是一种短视行为,妨害了学生对世界的认知,也与哈佛追求真理的宗旨不相一致。但这样说,其实并不准确,现在的哈佛只是不再受单一的宗教的影响罢了,而在校内以及有关课程中,其宗教特色是多元并存的,几乎看得到各种各样的宗教信仰。

在查阅哈佛历史资料的过程中，给我印象深刻的一点，是哈佛从一开始就对学生所设定的高标准和对学生学术水准的严要求。无论是1642年的"哈佛规则"，还是1700年的"哈佛学院法则"，都指向了高标准的学术水准。那时的学生不仅需要牢记在后来比如19世纪都难以想象的宗教规则，而且要能够阅读拉丁文原文的《旧约》与《新约》，并能够富有逻辑地解决其中的问题，才能获得学士学位。这也许是为什么在今天的毕业典礼上，也要有学生放声朗诵拉丁文的传统吧。

由此管窥，我们大致可以知道，哈佛之所以有今天，绝非因为她有着将近400年的历史，而是因为其一以贯之的高标准严要求，才有了今日的世界声誉。

（美国东部时间）2013年7月初稿于哈佛

什么样的人，才能上哈佛？

哈佛是世界一流学府，能够成为其中一员，无疑是所有青年学子的梦想。就上本科来说，进入哈佛本科生学院，就成了站在哈佛门外的人们所谈论的一个永恒的话题。

中国的大学是"考"上的，一次高考基本确定终身。而美国大学特别是像哈佛这样的一流高校，则不是依靠"考试"来决定的，但就其对人的综合考核来说，则绝对高于中国高考对于考生的要求——因为学生要接受的是全面的考察与检阅。

想必所有人都知道，美国也有全国统一的、高校都承认和接受的考试，即 SAT。而如果是外国考生，托福则又是必考的科目。从美国大学录取的角度看，这两门考试不是唯一的条件，而只是各种各样要求中的一个而已。为此，我们不妨来看看哈佛对一个学生的综合评价体系是怎样的。

一般来说，申请哈佛者：SAT 要达到高分才行——很多学生都是满分；中学阶段的 GPA 要尽可能地高——很多学生同样是满分 4.0；推荐信要颇具分量——基本上都是有真凭实据的、实实在在的溢美之词；课外活动多姿多彩——很多学生不仅有各种课外活动，还有众多校外乃至国外的精彩的学术活动或者独特的个人经历，尽显其出众的才华或者在音体美方面的多才多艺甚至专业性才能；出众的面试结果——在由哈佛校友主导的面试中，应该有绝对出色但又自然而然的表现；独特的个人陈述——在彰显个性的同时，自然也要把个人的学术潜质以及优异于他人之处表现出来，而这一切都要通过个人优秀而独特的写作能力体现出来。

然而，所有这些加起来，还只能说是一切才刚刚开始。从最终录取结果看，所有哈佛的学生都排在高中阶段整个毕业班（这里"班"的概念，相当于中国的"年级"）的前10%~15%的行列。

想一想就不难理解。哈佛的本科生是百里挑一。2013年，申请哈佛的学生人数创历史新高，达到35023人，而录取率又创历史新低，仅为5.8%，即发放录取通知书仅为2029份。换句话说，在众多优异的学生中，能够进入哈佛者不过寥寥两千人。我总讲，申请哈佛未被录取者，未必不优秀；但凡进入哈佛者，则绝无平庸之人。当然，这是针对其进入哈佛之时而言，至于其后来如何，包括其在哈佛表现如何，则另当别论。

那么，一个问题就摆在人们的面前。既然都如此优秀，那么，为什么有些人能够被录取，而大多数同样优秀者却只能名落孙山呢？换句话说，能够进入哈佛者，究竟有什么特殊之处呢？再说直白点，在哈佛招生官员的心中，究竟有着怎样的衡量标准呢？

其实，哈佛的招生规则、录取的程序等一直是外界议论、争议乃至批评的焦点。当人们看到有众多的官家子弟、富豪子女、文体才子进入哈佛之后，难免会有哈佛是否对这些人网开一面的疑问乃至疑虑——是否对穷人或者说平民百姓的子女有不公平的一面呢？而在哈佛园内，每当有志愿者为游人参观校园充当导游的时候，他们总会遇到这样的问题：究竟有哪些特殊的因素让您进了哈佛呢？

如果回顾历史，我们不难发现，过去的哈佛还真经历了一段从精英阶层逐步平民化、从对待特殊人群有特殊政策到更加公平竞争的漫长的历史演变过程。当然，在这篇短短的文章中很难有详细的描述，我仅仅举出几个历史时段中的有关政策，大致可以窥斑见豹。

总体来看，哈佛的历史演变主要是从为贫穷学生提供经济资助、追求学生族群的多样化和多元化这两个大的方面出发，从而向更多才华出众的平民子女敞开大门的。

哈佛是美国最早引入奖学金制度的高校。大约从1643年，即哈佛刚刚开办七年不久，就开创了资助贫穷学生支付学费的先河。到18世纪，哈佛超过三分之一的学生都能获得经济资助。到20世纪初，除了经济资助外，哈佛还会为那些贫穷的学生提供过冬的衣服。1934年，时任哈佛校长柯南特专门设立了一个面向全国的奖学金项目，极大地提高了无力支付学费的优秀学子进入哈佛的人数比例。现如今，哈佛是全美推行不考虑学生支付能力的录取原则、对贫穷学生实施全额资助的六大院校之一。在这六大高校（包括MIT、普林斯顿、耶鲁等）高校中，哈佛又是第一个把这样的双重原则用于国际学生的。2007年，哈佛又推出重大措施，对那些家庭年收入在6万美元以下的哈佛学生，不收取任何学费。在2011~2012年度，哈佛拿出了1.66亿美元资助各类学生，大约覆盖了60%的本科生，而在这其中，超过20%的学生是无需向学校支付任何费用的。通常，美国的各州立大学，即公立大学的学费都相对偏低，也因此吸引了不少家境困难的优秀学子。正因为哈佛不断地完善其经济资助制度，使得哈佛与公立大学之间的收费差距在缩小。哈佛在其招生网站上就旗帜鲜明地宣称："现在，对于美国90%的家庭来说，把孩子送到哈佛与把孩子送入旗舰公立大学两者的花销差不多，甚至更少。"

有了对贫困而优秀学子的大力资助这个前提，改变哈佛学生族群就是水到渠成的事情。在哈佛最初建立的200年中，学生群体很单一，用今天的标准来看就是白人、新教徒和男性，也唯有他们，以及那些常青藤盟校的毕业生及其后代，才能不为稻粱谋而一心一意地努力读书。因此，那个时期，唯有这些富人子弟，才能上得起哈佛。

值得一提的是，在很长一段时间内，哈佛既有自己的入

哈佛园内一景。

学考试，也有其特殊的录取政策。所谓入学考试，主要是一些传统的科目，包括拉丁文和希腊文，而这些语言学习只有在私立学校才会讲授。换句话说，唯有有钱人才可能学到这些知识。同理，也只有他们，才能在未来去参加哈佛的入学考试。而更值得一提的是，在100年前的20世纪初，尽管报考哈佛的人要通过一个简单的考试，但哈佛依旧保留了给予某些人"有条件入学"的权利。这也就是说，即使一个人不能通过入学考试，哈佛还是可以以其他理由给予其入学资格的。而到1907年，超过55%的学生都是因为沾了这样的附加条件而获得了入学资格。

这样的情形在1913年开始有了转变。由于时任哈佛校长洛威尔提出的"新计划"是主要面向公立学校学生，从而使得在"新计划"下招生的人数，超过了旧计划下所招收的学生人数。

不能忘记的是，哈佛在招生方面的变化，也得益于校外重要的社会运动的影响力。比如，1968年黑人领袖马丁·路德·金遇刺身亡，在不到一个月的时间内，新任哈佛招生委员会主任彼特森（Chase Peterson）就宣布说，哈佛将会录取更多的黑人学生。第二年，有90位非裔美国人进入哈佛，这一数字比前一年增长了76%。而到了20世纪70年代，哈佛的学生中，不仅有非裔美国人，还开始有了更多的土著美国人、亚裔美国人等。

在今天的哈佛校园中，你可以看到各色人等，这里有大概超过 20 个的不同的宗教信仰，学生来自的国家超过 80 个之多。因此，今天的哈佛校园已经完全成为一个充斥着多样化、多元化的校园。

如果回到本文的主题来看——即什么样人才能上哈佛，我个人以为，那些既有全面的个人素质，又有勇于追求知识、探索世界的激情与勇气，且有异于他人的独特之处者，最容易在众多优秀的学子中脱颖而出。

（美国东部时间）2013 年 7 月初稿于哈佛

哈佛课程的历史变迁

除了建校伊始的高起点外,哈佛能够迅速在近现代时期快速发展,特别是在20世纪有长足的进步,从而成为一所享有世界声誉的大学,并一直走在高等教育的前列,依我之见,主要得益于两点。首先哈佛总是能够遴选出具有远见卓识的领导人,而他们大都不负众望,能够依据时代的变化对未来作出准确而富有远见的判断;其次在上述准确判断的基础上,所出台的政策与措施不仅能够应对当下,更能够对未来产生积极的影响,这一点突出地体现在本科生的课程设置当中。换句话说,哈佛总是能够抓住机遇,为未来培养人才。

在建校初期,哈佛主要借鉴的是英国大学的教育理念,注重强调并讲授逻辑学、修辞学、拉丁文、希伯来文、希腊文、伦理学、形而上学等,但不是很重视数学或者自然科学。到18世纪的时候,哈佛课程有所拓展,加入了法文和哲学的内容,要让学生接受的是所谓"绅士教育"。在18世纪和19世纪随着学校逐渐与早期所固有的清教传统分道扬镴，哈佛迎来了历史上的大发展时期。

1869年，哈佛迎来了历史上任期最长的校长艾略特。这位化学家不仅对哈佛从传统走向现代、从保守走向开放、从美国走向世界起到了至关重要的作用，其对整个美国高等教育所产生的重大影响至今犹存。上任伊始，艾略特在《大西洋月刊》上发表了一篇文章《新教育的体制》(*The New Education: Its Organization*)，从此拉开了美国教育改革的序幕。哈佛在抬高了入学门槛之后，在本科生中正式确定了选修课机制，保证学生可以从各种学科的众多课程中去选择自己感兴趣的课程。而且，哈佛不仅放松了对学生课外活动的管制，还废除了强制学生到课堂听课的政策。这一转变给了学生更多自由选择、自主决策、自我成长的机会，实际上更预示着哈佛与像父母那样管教学生的传统的大学模式的决裂。

1909年，洛威尔走马上任。他在坚持选修课制度的同时，提倡学生要特别关注一门学科。他在自己的就职演讲中提出了一个非常知名的理念：在我们这个错综复杂的现代世界中，最好的人文教育就是要培养那些对一切学科都有所了解、而对某些专业有深入认识的人。他的这一办学理念，推动了哈佛专业制度(system of concentrations)的建设，而这一制度哈佛沿用至今。值得注意的是，哈佛所用的"专业"(concentration)一词有别于其他高校，这个词的大意为集中精力、专心致志的意思。我们据此也可以判断哈佛希望学生能够在了解所有学科的基础上，集中精力、专心致志地学好一门专业的办学理念。

40年后的1949年,时任柯南特校长引入了通识教育的观念。在他看来,建立通识教育(General Education)的目的,是要保证哈佛所有的毕业生既要能全面发展、富有人文素养,又要在某个专业领域得到全面的训练,两者缺一不可。

30年后,到了1978年,哈佛校长、美国著名教育思想家博克(Derek Bok)给哈佛带来了新的变化,推出了"核心课程"(Core Curriculum)以取代有些过时的通识教育。这一个课程设置的最大特点,就是去精英化或曰走向了大众化发展的道路。

这一时期的哈佛为大学教育勾勒了五项培养目标,认为一个受过高等教育的人应该能够做到:1. 思维和写作条理清楚、讲究实效;2. 对某一知识领域的认知达到一定的深度;3. 对于我们所掌握并应用到世界、社会和我们自身的知识及其方式方法具有一种批评性的鉴赏能力;4. 对道德与伦理问题有所了解、有所思考;5. 对其他文化与时代不能愚昧无知。就课程建设而言,这里的第一目标是要通过哈佛独有的写作课(Expository Writing)来达到;第二目标通过专业学习来达到;第三、第四、第五目标则要通过核心课程的学习来达到。

又一个30年过去了。2009年,哈佛新任也是现任校长德鲁·福斯特对在本科教育中施行了30年的核心课程方案进行重大调整。哈佛开始用最新的通识教育方案来取代"核心课程"。哈佛本科生学院院长伊芙琳·哈蒙茨教授称之为"适应新世纪的一个崭新的培养方案"。

如果从1909年开始有了专业建设算起,哈佛的课程设置历经百年沧桑。现在,哈佛本科教育主要有三个核心组成部分:其一为专业,要求学生专注于某个单一的学科。其二为选修课,要求学生学习那些可以使他们在各种知识领域内探索的课程;目前,哈佛为本科生提供的专业领域为46个。其三为"通识教育",要求学生在校园知识追求的基础上,学着向外看世界。

特别值得注意的是,哈佛的"通识教育"分为八个大的学术类别:美学与阐释性理解、文化与信仰、经验与数学推理、伦理推理、生命系统的科学、物质宇宙的科学、国际社会以及世界中的美国。每个大的类别提供了数门乃至数十门课程供学生选修。通识教育要求每个学生必须从每一个类别中至少选择一门课程。他们既可以每学期选修一门,也可以自由选择时间,在毕业之前修完八门课、达到学校对通识教育所提出的毕业要求就行。

当然,由于"通识教育"即"人文教育"是以传授更为广泛的知识为目的,因而通常都是一些基础理论课,也因此遭到了一些认为人文教育"无用"者的质疑和批评。对这样的质疑和批评,哈佛"通识教育改革领导小组"组长艾莉森·西蒙斯教授的话发人深省:"人文教育并非与现实生活相脱节,而是通向现实生活的一座桥梁。"

由上述哈佛百年的课程变迁,我们大体上可以看出一个

哈佛专门为本科生开设的 24 小时开放的 Lamont 图书馆。

发展脉络，即哈佛的教育重在培养"人"，重在使学生成为适应未来社会发展与能够接受未来挑战的人。而这一点，在美国高等教育中是有共识的。正如耶鲁大学前法学院院长、法律教授安东尼·科隆曼在其《教育的终结：为什么我们的高校放弃了人生的意义》一书中所说："一所高校，首先是培养品性的地方，是培育智识与道德修养习惯的地方，这两者的目的是要使一个人能够过上最好的人生。"是的，培养大学生成为一个"人"——全面发展、拥有文化素养的"人"，成为具有社会责任感的国家公民，在大学毕业后能够使其有能力过上更好的人生，应该成为大学教育的基本使命。

（美国东部时间）2013 年 7 月初稿于哈佛

哈佛，所以成为哈佛

从哈佛回来后，有一些学生问我，哈佛最伟大的地方在哪里？我对此的回答是，很难说有最伟大的地方，但很多在我们这里看上去不起眼的人和事，哈佛的做法都令人难忘，而正是这些涓涓细流，最终汇成了大江大河。当然，这样的回答很难令人满意。但如果让我举例来说明哈佛所以成为哈佛，我想，我会以哈佛本科生的教育为例。

在哈佛，本科生是以通识教育为目的的，但也要求学生选择某个学术领域进行专业学习。哈佛对本科生的教育要求很高。哈佛50%的学生会选择社会科学作为自己的专业，30%选自然科学，20%选人文学科。就专业学习而言，哈佛的最低要求是，一个本科生要在一个学科领域中学习12到16门课程，而这些课程应该是时长为一个学期的课程。选择"荣誉专业"的学生，则还有特殊要求，最终要写就一篇毕业论文。

"荣誉专业"（Honors Program）是很多美国大学为优秀

学生所设置的一种激励机制。从20世纪50年代末起，哈佛所有的在校生都可以申请成为"荣誉学生"（an honor）。当然，荣誉专业一般都有入门的条件，平时要学习"荣誉课程"（Honors Courses），毕业要写毕业论文。一般来说，荣誉学生要比一般学生所学内容深入得多，也要求他们具有独立研究的能力。

目前，哈佛共计有46个专业可供学生学习。在这里，我想介绍其中两个最独特、也最具哈佛特色的专业，由此可以大致看出哈佛对本科生专业学习的基本要求，也可以从另一个方面看出哈佛所以为哈佛的原因。这两个专业分别是"历史与文学"（History and Literature，简称为 Hist & Lit）与社会研究（Social Studies）。这两个学科都属于跨学科的专业，也属于"荣誉专业"。

就"历史与文学"而言，其专业设置的目的是希望学生能够熟练掌握西方文明史以及西方"文学经典"，像莎士比亚、《圣经》等。这个专业创立于1906年，后来在20世纪20年代得以完善，到今天为止，这个专业还是广受重视、但要求很严的一个专业。比如，这个专业要求在大二、大三期间进行口试。而且还要参加连续三年的导师辅导课程。

但总体而言，我以为，该专业的严格要求主要体现在论文写作上。在大二的时候，要求学生写作一篇3000到4000字的文章，之后，要求逐渐提高。到大三的时候，则要求写一篇6000到8000字的文章。等到了大四，就要求写一篇

15000字的毕业论文。正如这个专业的名称那样，它要求学生学习的是历史及文学经典，但在今天，学生主要集中学习某一个阶段或者某一个地区的历史与文学。

由这样一门课，大体上可以看到哈佛在历史与文学经典学习中之于写作的重视程度了。其实，为了从大二开始之后的学习，哈佛从大一就开始重视写作的问题。在新生一入学，哈佛就要求所有的新生都必修一门写作课程，其主要目的就是为未来的本科教育打下良好的基础。

另外一门专业课是社会研究，这是哈佛所独创的一门专业。为了使学生对此专业有深刻的了解和认识，所有课程都是由社会科学的各个系部的教授来任教与辅导的。哈佛对这一专业的定位是：学生通过专业学习能够拥有一种理论视角（theoretical perspective）、熟悉历史语境、熟练掌握历史上经典的社会科学家的各种观点。在哈佛看来，这些对学生了解社会问题、认识世界至关重要。

我们都知道，在当下的中国，绝大多数的本科院校都把毕业论文作为学生毕业的必要条件。但在哈佛，毕业论文并非必要条件，唯有荣誉专业——社会研究、历史与文学、科学史、文学等——才会要求本专业学生必须要写毕业论文。

哈佛值得推广的经验有：第一，论文建立在一个科研项目之上，并以此为基础，与教师有更多的联系，也获得更直接的探讨。第二，有些专业要求的并非铁板一块的"学术论文"，而是"创意论文"，比如可以写一个短篇小说，搞一个艺术品等，都是可以接受的。第三，毕业论文不是像中国高校那样，是从大四开始着手的，而是从大三那年的春天就开始了，换句话说，基本上是从大三下学期开始的。如此一来，学生不仅可以用一个学期的时间做准备，更可以利用大三结束后的长长的暑假从事研究，包括必需的田野调查等。而且，论文提交的时间虽然因各专业要求有所不同，但一般都早于国内高校一般是在大四毕业前的这段时间。第四，论文一般有两位评阅专家，他们独立评阅并为此打分。之后提交给一个导师委员会，最后由导师委员会决定该论文的最终分数，并建议是否授予荣誉学位。

在哈佛，没有一般院校所有的那种"双学位"，但学生可以选择两个不同的领域，然后将两者结合起来使之成为一个综合型的"复合专业"。就实际操作而言，选择复合专业的学生，主要将两个不同领域中的不同要求合二为一，然后确立一种具有内在联系的学习计划，最终成果会集中体现在与两个学科研究领域都相关的毕业论文之中。

我经常讲，像美国很多顶尖大学一样，哈佛对本科生好到常人难以想象的地步。但对本科生教育的严格程度，也可能令外人难以想象。我想，正是严格培养，才造就了哈佛一代又一代的精英成为世界各个行业的领袖。当然，哈佛所以成为哈佛，绝不仅仅在于其本科教育，还有很多很多的因素，包括其高水平的教师，高效的管理体制与运行机制等等，这些都是哈佛成为世界一流名校的因素。

作者在哈佛大学英语系。

  时光荏苒，近一年的留学生活一晃而过。即将离开哈佛时，有天上午我坐在门前公园的草地上，抬眼望着平时熟悉的道路，看到不远处哈佛园内教堂那尖尖的顶端依旧矗立在那里，不时会传来整点的钟声，想想自己在剑桥和哈佛的日日夜夜，内心感慨良多，一时泪水湿润了眼眶……

  哈佛，永远在我心中！

（北京时间）2013 年 12 月 18 日上午 10:00～11:30 定稿于北京家中

本色文丛·海外文化

《墨影书香哈佛缘》郭英剑／著

《半岛之半》许结 / 著

《西行漫笔》王兰仲 / 著

本色文丛

本色文丛是我社策划的系列图书,持续组稿编辑出版。丛书力图给喜欢品味散文随笔、全民阅读与图书文化、名人日记与学术札记、海外文化的人士,提供良书与逸品。

本色文丛·海外文化

《半岛之半:居韩一年散记》
　　　　　　　　许　结著　　　30.00元
《西行漫笔:一个远足者的异国寻觅》
　　　　　　　　王兰仲著　　　29.00元
《墨影书香哈佛缘》　郭英剑著　　　30.00元

本色文丛·图书文化

《书香,也醉人》	朱永新著	29.00元
《纸老,书未黄》	徐　雁著	29.00元
《近楼,书更香》	彭国梁著	29.00元
《书香,少年时》	孙卫卫著	29.00元
《阅读,与经典同行》	王余光著	29.00元
《域外,好书谭》	郭英剑著	29.00元
《谈笑有鸿儒》	刘申宁著	29.00元
《斯文在兹》	吴　晞著	32.00元
《淘书·品书》	侯　军著	32.00元
《西风·瘦马》	沈东子著	32.00元
《书人·书事》	姚峥华著	28.00元
《闲人,书生活》	胡野秋著	32.00元
《文学赏心录》	杨　义著	30.00元
《文学哲思录》	杨　义著	30.00元

本色文丛·散文随笔（柳鸣九主编）

《往事新编》	许渊冲著	29.00元
《信步闲庭》	叶廷芳著	29.00元
《岁月几缕丝》	刘再复著	29.00元
《子在川上》	柳鸣九著	29.00元
《榆斋弦音》	张　玲著	29.00元
《飞光暗度》	高　莽著	29.00元
《奇异的音乐》	屠　岸著	29.00元
《长河流月去无声》	蓝英年著	29.00元
《青灯有味忆儿时》	王春瑜著	28.00元
《神圣的沉静》	刘心武著	30.00元
《纸上风雅》	李国文著	30.00元
《母亲的针线活》	何西来著	28.00元
《坐看云起时》	邵燕祥著	28.00元
《花之语》	肖复兴著	30.00元
《花朝月夕》	谢　冕著	28.00元
《无用是本心》	潘向黎著	28.00元

本色文丛·日记（于晓明主编）

《读博日记》	张洪兴著	31.00元
《问学日记》	王先霈著	26.00元
《文坛风云录》	胡世宗著	29.00元
《原本是书生》	于晓明著	32.00元
《紫骝斋日记》	马　斯著	31.00元
《梦里潮音》	鲁枢元著	31.00元
《行旅纪闻》	凌鼎年著	35.00元
《微阅读》	朱晓剑著	35.00元
《从神州到世界》	张　炯著	35.00元
《丹青寄语》	崔自默著	35.00元
《文坛边上》	吴昕孺著	35.00元
《书事快心录》	自　牧著	35.00元